高雄大學東語系 **王清棟** 老師
師大韓語快易通 **李美林** 老師 親著

新韓檢 初級
TOPIK 1
試題完全攻略

新韓檢初級 TOPIK 1 試題完全攻略 / 王清棟 , 李美林
作 . -- 初版 . -- 臺北市 : 日月文化 , 2014.08
184 面 ; 19X26 公分 . -- (EZ KOREA)
ISBN 978-986-248-399-2（平裝附光碟片）

1. 韓語 2. 能力測驗

803.289   1030109221

EZ KOREA

新韓檢初級TOPIK 1試題完全攻略

作　　者：王清棟、李美林
責任編輯：曾晏詩、顏秀竹、鄭雁聿
封面設計：十六設計有限公司
錄　　音：李美林、李昌勳
內頁排版：健呈電腦排版股份有限公司

發 行 人：洪祺祥
第二編輯部總編輯顧問：陳思容
第二編輯部副總編輯：顏秀竹
法律顧問：建大法律事務所
財務顧問：高威會計事務所

出　　版：日月文化出版股份有限公司
製　　作：EZ 叢書館　EZ Korea
地　　址：台北市信義路三段151號8樓
電　　話：(02)2708-5509
傳　　真：(02)2708-6157
E - m a i l：service@heliopolis.com.tw
網　　址：www.ezbooks.com.tw
郵撥帳號：19716071 日月文化出版股份有限公司

總 經 銷：聯合發行股份有限公司
電　　話：（02）2917-8022
傳　　真：（02）2915-7212

印　　刷：中原造像股份有限公司
初　　版：2014年 8 月
初版二刷：2014年10月
定　　價：280 元
I S B N：978-986-248-399-2

官方範例試題版權：
※한국어능력시험(TOPIK)의 저작권과 상표권은 한국 국립국제교육원에 있습니다.
韓國語能力測驗（TOPIK）之著作權與商標權屬韓國國立國際教育院所有。
TOPIK, Trademark® &Copyright© By NIIED (National Institute for International Education), KOREA

目 錄

附錄：

★「可撕」一次預考【實戰模擬試卷】（內附實戰模擬試卷 1、2 回解答）

★ 隨身攜帶！走到哪背到哪【單字小冊】

★ 聽力試題 MP3 內附：官方範例試題 MP3、實戰模擬試題 MP3、單字小冊 MP3

TOPIK 韓國語
能力測驗簡介

目的

· 提示母語非韓國語的外國人或海外同胞學習韓國語的方向，以便把韓國語普及到全世界。
· 測試韓國語使用能力，做為留學、就業的依據。

應試對象

· 母語為非韓國語者，外國人（包括韓國海外同胞）
    － 韓國語學習者
    － 擬前往韓國大學留學者
    － 擬在國內外韓國企業及公共機構就業者
    － 在外國學校的在校生或畢業的海外韓僑

考試主管機關

· 國立國際教育院（국립국제교육원 National Institute for International Education）

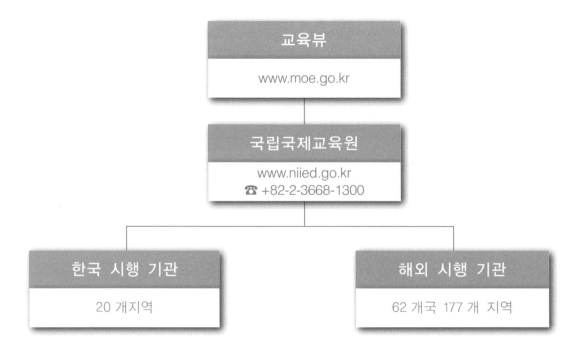

考試用途

可使用處	相關機關
韓僑及外國人之韓語學習成果測定	
韓國政府獎學生選拔與管理	國立國際教育院
外國人或修畢 12 年外國教育課程之旅外韓僑申請韓國國內大學與研究所入學	教育部
欲至韓國企業求職者之工作簽證取得與選拔標準	S 電子、S 重工、L 電子
外國人醫師執照之韓國國內執照認定	韓國保健醫療國家考試院
韓國語教師二級與三級檢定之應考資格	國立國語院
取得韓國永久居留權	韓國法務部
外籍配偶簽證申請	韓國法務部

考試水準與等級

· 考試類別：TOPIK I、TOPIK II
· 測試等級：6 個等級（1～6 級）

考試類別	TOPIK I		TOPIK II			
等級	1 級	2 級	3 級	4 級	5 級	6 級
評價	按成績授予對應的等級					

考試日程

· 一年 5 次，台灣地區目前只於每年 10 月於**台北**與**高雄**兩個考場舉辦一次。

日程		實施地區	美洲 · 歐洲 · 非洲	亞洲 · 大洋洲	韓國
上半期	1 月	韓國國內	－	－	星期日
	4 月	韓國國內·外	星期六	星期日	星期日
下半期	7 月	韓國國內	－	－	星期日
	10 月	韓國國內·外	星期六	星期日	星期日
	11 月	韓國國內	－	－	星期日

考試時間

· 因各地區時差關係而有所不同

各地區考試時間												
區分	節次	領域	台灣、中國等			韓國、日本			其他國家			考試時間（分）
			進入考場時間	開始	結束	進入考場時間	開始	結束	進入考場時間	開始	結束	
TOPIK I	第 1 節	聽力閱讀	08:30	09:00	10:40	09:30	10:00	11:40	09:10	09:30	11:10	100
TOPIK II	第 1 節	聽力寫作	11:30	12:00	13:50	12:30	13:00	14:50	12:10	12:30	14:20	110
	第 2 節	閱讀	14:10	14:20	15:30	15:10	15:20	16:30	14:40	14:50	16:00	70

· 考試時間以當地時間為準 / 可同時報考 TOPIK I 及 TOPIK II
· TOPIK I 只考一節

試題組成

· 測試項目：TOPIK I為聽力、閱讀兩種領域；TOPIK II 為聽力、寫作、閱讀三種領域
· 評分：TOPIK I各 100 分，總分 200 分；TOPIK II各 100 分，總分 300 分

考試類別	TOPIK I		TOPIK II		
等級	第 1 節 （100 分鐘）		第 1 節 （110 分鐘）		第 2 節 （70 分鐘）
試題領域	聽力	閱讀	聽力	寫作	閱讀
試題類型	選擇題		選擇題	寫作題	選擇題
試題數	30	40	50	4	50
各題型總分	100	100	100	100	100

新制韓國語能力測驗（TOPIK） 各級距標準

· 新制韓國語能力測驗（TOPIK）之等級判定，以總分來決定，等級之級距如下：

區分	TOPIK I		TOPIK II			
	1 級	2 級	3 級	4 級	5 級	6 級
等級判定	80 分 以上	140 分 以上	120 分 以上	150 分 以上	190 分 以上	230 分 以上

※ 從 2014.7.20 第 35 回考試起適用

試題類型

TOPIK I
· 選擇題：選擇題型（四選一），無寫答題。

TOPIK II
· 選擇題：選擇題型（四選一）
· 寫答題（寫作）
　　－ 括號題（完成句子）2 題
　　－ 寫作題 2 題（200 ～ 300 字一題，600 ～ 700 字一題）
· 寫作題閱卷基準表

題目	評分範圍	評估基準
51 － 52	內容及課題履行	· 是否按照提示的課題寫出適切的內容。
	語言使用	· 語彙與文法等的使用是否正確。
53 － 54	內容及課題履行	· 是否按照提示的課題寫出適切的內容。 · 內容是否與主題相關，並且豐富、多樣。
	構造發展	· 文章結構是否明確有邏輯，且脈絡通順。 · 是否適切地使用對邏輯發展有幫助的談話標誌。
	語言使用	· 是否正確且多樣地使用語彙與文法。 · 是否按照文章的目的與功能，寫出符合格式的文章。

成績確認方法

· 登錄韓國語能力測驗官方網站（http://www.topik.go.kr）可查詢並列印成績。

各等級測驗範圍

等 級		測驗範圍
TOPIK I	1 級	· 能夠表達日常生活所需要的基本語句，如自我介紹、購物、點菜等，並可理解且表達如自己本身、家庭、愛好、天氣等屬於個人或熟悉的話題內容。 · 能理解 800 個左右的常用詞與基本文法，並使用與之相應的語法造出基本的句子。 · 可理解並運用簡單的生活相關文章和應用文。
	2 級	· 具有打電話、請求等日常生活所需的語言能力，和利用郵局、銀行等公共設施的能力。 · 應用 1500～2000 個單字，理解並運用以文章為單位的話題。 · 區分使用正式和非正式場合的語言。
TOPIK II	3 級	· 一般生活和工作層面上自由運用的語言交流，在多種場合中表現出基礎的語言交際能力。 · 除了熟悉的話題以外，還對社會上的熱門話題有所了解並能以文章為單位來表達。 · 可區分口語和書面的基本特性並加以使用。
	4 級	· 具有利用公共設施與維持社會交際時所需的語言能力，同時對於處理一般業務也具有某種程度的能力。 · 能夠理解電視新聞和報紙上的簡單內容。 · 能夠明確理解並運用一般社會性的抽象性話題。 · 以對常用慣用語和代表性韓國文化的了解為基礎，能清楚地理解並應用在社會性、文化性的內容。
	5 級	· 具有處理專門領域的研究或業務上所需的語言能力。 · 對有關政治、經濟、社會、文化等全面性不熟悉的題材，也能有所理解或處理。 · 能適切地按照正式、非正式的語言脈絡使用口語、書面語。
	6 級	· 能在處理專業範疇的研究或業務所需的業務時能更加流暢地表達。 · 對政治、經濟、社會、文化等全面性不熟悉的題材，也能有所理解或處理。 · 雖未能達到母語使用者的水準，但在語言處理能力與意思傳達上不致覺得困難。

TOPIK I 題型分析

| 分析 1 | TOPIK I 題型分布

듣기（聽力）

在以往舊制的 TOPIK（2014.04.20 第 34 回為止）初級考試中，聽力內容一般是維持在 40 分鐘左右，也就是在一堂課考試先考聽力，聽力聲音檔播放完畢之後，繼續作答「閱讀（읽기）」的部分，新制考題也維持這個型態，也就是 1 ～ 30 題為聽力題，31 ～ 70 題為閱讀題。

聽力題主要是以對話的形式出現，也有部分是短文或廣播的內容，每篇題目內容會播放兩次，且依照題型的不同，所給的做題時間也有所不同（20 秒到 45 秒不等），在 40 分鐘內要完成 30 個問題。一般來說考生普遍覺得「寫作（쓰기）」比較困難，或是得分不容易，不過在新制的 TOPIK I 試題中為了減輕考生的負擔，廢除了寫作題，因此聽力就成了考生比較需要技巧的部分，因為聽力題是根據無形的聲音來作答，平常的訓練與答題方法就相形重要。

實際上在過去的考古題當中，可以發現聽力的考試方式。題目卷上出現的是答案的選項，做題時只能從播放的聲音中判讀答案，未曾考過的考生也許會擔心，不過實際上聽力的朗讀速度要比正常話速來得慢許多，加上做題時間充足，所以一般來說考生的聽力成績都普遍偏高。如果平常學韓語時已有聽力的訓練，便會發現聽力的速度不會構成問題，特別是在考前能針對幾回的考古題做演練和實踐模擬試卷，確實掌握題型與正確的答題方法和技巧，必能獲得理想的成績。

· **聽力 30 題可依題型分成下列 7 種：**

題型 1	回答問句題（1 ～ 4 題）
題型 2	完成對話題（5 ～ 6 題）
題型 3	對話場所題（7 ～ 10 題）
題型 4	選對話主題（11 ～ 14 題）
題型 5	對話圖片題（15 ～ 16 題）
題型 6	內容相符題（17 ～ 24 題）
題型 7	聽力主題題（25 ～ 30 題）

・ 聽力注意事項：

1. **作答方式**：在聽力作答時，由於是經由聲音檔作答，因此需要特別集中精神，要有平常心，無須因某些題目的不順暢，而影響到下一道題的作答。

2. **摘要筆記**：由於聽力題需依靠播放兩次的音檔獲得答案，因此當題目播放結束，聲音不見了，留下的就只有原來的題目，因此做記錄是很重要的！在播放的同時考生必須記錄聽到的內容。記住！不是聽寫每個單字、每個聲音，而是針對聲音檔中的內容做摘要，也就是說考生要記住，這時候要做的事不是聽寫，而是要寫下幫助作答的內容。所以考生必須在播放對話時，記錄題目中的人、事、物、時間、地點、否定 / 肯定、口氣等；另外，有考生提到來不及寫下筆記，這點考生必須要了解，考試後不會有人檢查各位的聽寫筆記，所以做筆記時可以使用任何記號、任何文字，不管是中文、簡體字、圖案、英文、日文等等都可以，只要能快速書寫，自己也看得懂，甚至善用表示男女記號的♀（女）♂（男）都可以在【男女對話聽力題】節省不少時間。因為這部份便占了 13 題、將近總分的一半！記得邊聽邊記，利用符號或寫下關鍵字，是加強聽力的重要技巧之一。同時這一技巧在平常學習語言是必需要有的基本知識，亦是往後發展口譯能力時，很重要的一項基本功。

3. **重複確認**：試題會播放兩次，第一次可配合筆記做整體性的掌握，而第二次播放時，則對於沒聽清楚的部分進行確認，同時也確認重要的關鍵詞。

4. **口氣掌握**：做聽力題時考生不只從字句、語意上了解整個對話的意思，更可以從對話者的口氣、語調中判斷說話者的態度、口氣，甚至身分等。

5. **題型掌握**：一般來說 30 道題中，前 24 題每段聲音檔只對應一道試題，而最後的 3 個聲音檔則各對應兩道試題，也就是播放一段錄音之後，隨後會有 2 道與此聲音檔有關的問題，這樣的題目總共有六題（從 25 題～ 30 題）。由於聲音檔播放後，會提示 25 題，並有 40 秒左右的空檔，再提示下一題 26 題，之後再給 40 秒的作答時間，（27 / 28 題、29 / 30 題與此相同）。其實考生在作答時針對同一個聲音檔的兩道題，可以不用按照提示給的時間去答題，可以直接做兩題答案，而且在預覽題目時也要同時把兩道題目看一下，方便同時作答。

읽기（閱讀）

・ 閱讀 40 題可依題型分成下列 7 種：

題型 1	基本詞彙
	31 ～ 33 題　名詞題
	34 題　　　助詞題
	35 題　　　場所名詞
	36 題　　　動詞 / 時態
	37 題　　　形容詞
	38 題　　　副詞

39 題	動詞／時態

題型 2 公告、指引文

40 題	公告（漢字語彙）
41 題	指示、導引文
42 題	課表、行程表

題型 3 短文閱讀題

43 題	連結語尾、主詞確認、與格（對象格）助詞確認
44 題	連結語尾、主詞確認、與格（對象格）助詞確認、不規則變化、意願表現
45 題	連結語尾、主詞確認、時態確認

題型 4 中心思想

46～48 題

題型 5 題組 I：選出短文的主旨（填空選擇＋文章理解）

49～50 題	填空選擇題（動詞＋冠形詞結合法）＋選出與本文相同的內容
51～52 題	填空選擇題（名詞形轉成語尾）＋指出本文談論的事物
53～54 題	填空選擇題（片語與連結語尾結合用法）＋選出與本文相同的內容
55～56 題	填空選擇題（連結副詞）＋選出與本文相同的內容

題型 6 文章重組題

57～58 題

題型 7 題組 II：重新排列句子的順序（填空選擇＋文章理解）

59～60 題	插入句子＋選出與本文相同的內容
61～62 題	填空題（動詞與連結語尾的結合）＋選出與本文相同的內容
63～64 題	指出寫本封書信的目的＋選出與本文相同的內容
65～66 題	填空選擇題（形容詞＋「－게」副詞形轉成語尾）＋選出與本文相同的內容
67～68 題	填空選擇題（時間副詞）＋填空選擇題（動詞與慣用句型文法的結合）
69～70 題	動詞與冠形詞結合法＋選出可從本文得知的內容

※ 다음을 듣고 〈 보기 〉와 같이 물음에 맞는 대답을 고르십시오 .

　聽完下文後，請如同〈範例〉針對問題選出對的答案。

※ 다음을 듣고 〈 보기 〉와 같이 다음 말에 이어지는 것을 고르십시오 .

　聽完下文後，請如同〈範例〉選出接下來的話。

※ 다음은 무엇에 대해 말하고 있습니까 ? 〈 보기 〉와 같이 알맞은 것을 고르십시오 .

　下面在談論什麼呢？請如同〈範例〉選出正確的答案。

※ 여기는 어디입니까 ? 〈 보기 〉와 같이 알맞은 것을 고르십시오 .

　這裡是哪裡？請如同〈範例〉選出正確的答案。

※ 다음 대화를 듣고 알맞은 그림을 고르십시오 .

　聽完下面的對話之後，請選出正確的圖畫。

※ 다음을 듣고 〈 보기 〉와 같이 대화 내용과 같은 것을 고르십시오 .

　聽完之後，請如同〈範例〉選出和對話內容相同的選項。

※ 다음을 듣고 대화 내용과 같은 것을 고르십시오 .

　聽完下文後，請選出和對話內容相符的選項。

TOPIK I 試題完全攻略

※ 무엇에 대한 이야기입니까? 〈보기〉와 같이 알맞은 것을 고르십시오.

（他們）在談論什麼？請如同〈範例〉選出正確的選項。

※ 〈보기〉와 같이 빈칸에 들어갈 가장 알맞은 것을 고르십시오.

請如同〈範例〉選出適合填入空格中的選項。

※ 다음을 읽고 맞지 <u>않는</u> 것을 고르십시오.

讀完下文後，選出<u>不正確</u>的選項。

※ 다음의 내용과 같은 것을 고르십시오.

請選出和下面內容相同的選項。

※ 다음을 읽고 중심 생각을 고르십시오.

讀完下文後，請選出其中心思想。

※ 다음을 순서대로 맞게 나열한 것을 고르십시오.

請選出排列順序正確的選項。

※ 다음을 읽고 물음에 답하십시오.

讀完下文並回答問題。

1

【官方範例試題逐題解析】

TOPIK I
聽力篇

1 ～ 30 題，共三十題

重
點
題
型

- 回答問句題
- 完成對話題
- 對話場所題
- 選對話主題

- ✓ 對話圖片題
- ✓ 內容相符題
- ✓ 聽力主題題

 韓檢官方範例試題 MP3

回答問句題

| 題型攻略 |

　　本題型是兩人對話的形式，根據所聽到問句選擇最適合的回答。若問句以**疑問代名詞**詢問，答題時就需要確認問句中的疑問詞，例如「누구（誰）、언제（何時）、무엇（什麼）、왜（為什麼）、어떻게（如何）、어디（哪裡）、얼마（多少）」等等，並在考卷的空白處把聽到內容記下，即便題目是很簡單的內容，但這樣可幫助減輕記憶的負擔，以便全力做好答題判斷。

　　若問句問的是「**是**」或「**不是**」，那麼選項中一定會先出現「네」或「아니요」，然後接著敘述符合題目邏輯的內容。基本上韓語中的「肯定／否定」回答方式與中文相同，因此考生只要確認好問答的邏輯即可做出正確的選擇，此題型在每回考試約出現 4 題。

　　※ [1～4] 다음을 듣고 〈보기〉와 같이 물음에 맞는 대답을 고르십시오.

　　　[1～4] 聽完下文後，請如同〈範例〉針對問題選出正確的答案。

〈보 기〉

가：공부를 해요？

나：＿＿＿＿＿＿＿＿＿＿＿

❶ 네, 공부를 해요.
② 아니요, 공부예요.
③ 네, 공부가 아니에요.
④ 아니요, 공부를 좋아해요.

〈範例〉

가：在念書嗎？

나：＿＿＿＿＿＿＿＿＿＿＿

① 對，在念書。
② 不，是念書。
③ 對，不是念書。
④ 不，喜歡念書。

1.　(4 점)

남자：이 사람이 남동생이에요？

여자：＿＿＿＿＿＿＿＿＿＿＿

❶ 네, 남동생이에요.
② 네, 남동생이 없어요.
③ 아니요, 남동생이 많아요.
④ 아니요, 남동생을 만나요.

（4分）

男：這個人是你弟弟嗎？

女：＿＿＿＿＿＿＿＿＿＿＿

① 對，是弟弟。
② 對，沒有弟弟。
③ 不，很多弟弟。
④ 不，和弟弟見面。

2. (4 점)

여자 : 집이 커요 ?
남자 : _____

① 네 , 집이에요 .
② 네 , 집이 있어요 .
❸ 아니요 , 집이 작아요 .
④ 아니요 , 집이 좋아요 .

（4分）

女：房子很大嗎？
男：_____

① 對，是房子。
② 對，有房子。
③ 不，房子很小。
④ 不，房子很好。

3. (3 점)

여자 : 언제 점심을 먹을 거예요 ?
남자 : _____

❶ 지금 먹을 거예요 .
② 식당에서 먹을 거예요 .
③ 친구하고 먹을 거예요 .
④ 비빔밥을 먹을 거예요 .

（3分）

女：何時要吃午餐？
男：_____

① 現在將要吃。
② 將在餐廳吃。
③ 將和朋友吃。
④ 將要吃拌飯。

4. (3 점)

남자 : 이 모자는 얼마예요 ?
여자 : _____

① 어제 샀어요 .
② 아주 예뻐요 .
❸ 오천 원이에요 .
④ 가게에서 팔아요 .

（3分）

男：這頂帽子多少錢？
女：_____

① 昨天買的。
② 非常漂亮。
③ 五千元。
④ 在店裡賣。

官方範例試題逐題解析

聽力

19 TOPIK I

完成對話題

| 題型攻略 |

本題型一樣是兩人對話的形式，並要求根據所聽到的內容選擇最合適的答案。

不同於【回答問句題】的是，上句的內容是敘述句或命令句等，出題的重點在於會話情境中**慣用的對答習慣**。在聆聽題目時要特別注意上句對話的語尾，例如「－세요 / －지요 / －ㅂ니다、습니다」等，並且注意音調，以便判斷句子屬於哪一種口氣。

理論上這樣的題型會出現一個會話的場景，若平常在學語言時就習慣揣摩韓國母語人士的語言習慣，那麼在考試時便能有效率地浮現這樣的情境，並自然而然地選出正確的答案。

本題型一般會有 2 題，題目要求與例題如下：

※ [5~6] 다음을 듣고 〈보기〉와 같이 다음 말에 이어지는 것을 고르십시오 .

[5 ～ 6] 聽完下文後，請如同〈範例〉選出接下來的話。

〈보 기〉	〈範例〉
가 : 맛있게 드세요 .	가：請好好享用。
나 : ＿＿＿＿＿＿＿＿＿	나：＿＿＿＿＿＿＿＿＿
① 좋겠습니다 .	① 這樣就好了。
② 모르겠습니다 .	② 應該不知道。
③ 잘 지냈습니다 .	③ 過得很好。
❹ 잘 먹겠습니다 .	④ 將會好好享用。

---

5. (3 점)

남자 : 거기 서울은행이지요 ?

여자 : ＿＿＿＿＿＿＿＿＿

❶ 네 , 서울은행입니다 .
② 네 , 서울은행이 없습니다 .
③ 아니요 , 서울은행에 갑니다 .
④ 아니요 , 서울은행에서 일합니다 .

（3分）

男：那裡是首爾銀行吧？

女：＿＿＿＿＿＿＿＿＿

① 對，是首爾銀行。
② 對，沒有首爾銀行。
③ 不，去首爾銀行。
④ 不，在首爾銀行工作。

6. (4 점)

여자: 안녕히 가세요.

남자: _____

① 네 , 반가워요 .
② 네 , 안녕하세요 .
③ 네 , 말씀하세요 .
❹ 네 , 안녕히 계세요 .

（4 分）

女：再見。

男：_____

① 好，很高興見到你。
② 好，您好。
③ 好，請説。
④ 好，再見。

對話場所題

| 題型攻略 |

　　本題型要求根據所聽到的內容判斷對話發生的**地點**，作答時要注意的地方在於掌握相關的動詞、名詞甚至是片語，例如「불고기 주세요（請給我烤肉）/ 바지를 사고 싶어요（我想買褲子）/ 배가 아파요（我肚子痛）/ 약 주세요（請給我藥）」是答題的關鍵。

　　本題型有 4 題，各 3 分，題目要求與例題如下：

※ [7~10] 여기는 어디입니까? 〈보기〉와 같이 알맞은 것을 고르십시오. (각 3점)

[7 ～ 10] 這裡是哪裡？請如同〈範例〉選出正確的答案。（每題 3 分）

〈보 기〉	〈範例〉
가 : 어디가 아프세요?	가：哪裡不舒服？
나 : 배가 아파요.	나：肚子痛。
① 가게	① 商店
② 빵집	② 麵包店
❸ 병원	③ 醫院
④ 시장	④ 市場

7.

남자 : 어서 오세요. 뭘 드시겠어요?	男：歡迎光臨。要吃什麼呢？
여자 : 냉면하고 불고기 주세요.	女：請給我冷麵和烤肉。
❶ 식당	① 餐廳
② 극장	② 劇場
③ 커피숍	③ 咖啡店
④ 우체국	④ 郵局

8.

여자 : 한국어 책이 어디에 있어요 ?
남자 : 이 층에 있어요 .

① 공항
❷ 서점
③ 운동장
④ 영화관

女：韓語的書在哪裡？
男：在二樓。

① 機場
② 書店
③ 運動場
④ 電影院

9.

남자 : 앞머리는 조금만 잘라 주세요 .
여자 : 네 , 알겠습니다 .

① 교실
② 꽃집
③ 박물관
❹ 미용실

男：請幫我稍為剪一下瀏海。
女：好，我知道了。

① 教室
② 花店
③ 博物館
④ 美容室

10.

여자 : 민수 씨 , 지금 여기에서 뭐 해요 ?
남자 : 내일 중국에 여행을 가요 . 그래서
　　　 돈을 바꾸고 있어요 .

① 약국
❷ 은행
③ 여행사
④ 편의점

女：民秀，你現在在這裡做什麼呢？
男：明天我要去中國旅行，所以正在
　　換錢。

① 藥局
② 銀行
③ 旅行社
④ 便利商店

選對話主題

| 題型攻略 |

　　本題型是根據所聽到的對話或是短文判斷其**談論的內容**為何。答案選項為名詞，如「가족（家人）、주말（週末）、취미（興趣）、직업（職業）」等，考生根據並綜合對話中的關鍵詞彙，就可以輕鬆地做出選擇，當然，還是得提醒考生別忘了邊聽邊做聽力筆記。

　　本題型占每回聽力考試的 4 題，每題 3 分。

※ [11~14] 다음은 무엇에 대해 말하고 있습니까? 〈 보기 〉와 같이 알맞은 것을 고르십시오 . (각 3 점)

[11 ～ 14] 下面在談論什麼呢？請如同〈範例〉選出正確的答案。（每題 3 分）

〈 보기 〉

가 : 누구예요 ?

나 : 이 사람은 형이고 , 이 사람은 동생이에요 .

❶ 가족
② 이름
③ 고향
④ 소포

〈範例〉

가：他們是誰？

나：這位是哥哥，這位是弟弟。

① 家人
② 名字
③ 故鄉
④ 包裹

11.

여자 : 실례합니다 . 기차역이 어디에 있습니까 ?

남자 : 저기 병원 뒤에 있습니다 .

① 표
② 값
③ 시간
❹ 장소

女：不好意思。火車站在哪裡？

男：在那醫院後面。

① 票
② 價格
③ 時間
④ 場所

12.

남자 : 토요일과 일요일에는 집에서 쉬어요?

여자 : 아니요. 보통 친구하고 백화점에 가서
　　　쇼핑해요.

❶ 주말
② 날씨
③ 계절
④ 선물

男：週六和週日在家休息嗎？

女：不。通常和朋友去百貨公司
　　購物。

① 週末
② 天氣
③ 季節
④ 禮物

13.

남자 : 몇 시까지 일을 끝낼 수 있습니까?

여자 : 1 시까지 꼭 끝내겠습니다.

① 취미
② 고향
③ 주소
❹ 약속

男：到幾點工作才能結束？

女：到 1 點一定會結束。

① 興趣
② 故鄉
③ 地址
④ 約定

14.

여자 : 요즘 한국어 수업이 어때요?

남자 : 아직 어려워서 힘들어요. 그렇지만
　　　다음 학기에도 공부할 거예요.

① 방학
② 건강
❸ 계획
④ 직업

女：最近韓語課如何？

男：還是很難很累。但下學期也還是
　　要學。

① 放假
② 健康
③ 計畫
④ 職業

對話圖片題

| 題型攻略 |

　　本題型是根據對話的內容選出適合的圖片，答題時除了要掌握兩者對話的內容之外，還要確實分析各個要素在圖片中的呈現，並刻劃出對話的場景。另外由對話內容與圖片的對照，採用刪除法是很有效率的。

　　在新制的 TOPIK Ⅰ試題中，有 2 題此類型的考題，每題 4 分。

※ [15~16] 다음 대화를 듣고 알맞은 그림을 고르십시오 . (각 4 점)

[15 ～ 16] 聽完下面對話後，請選出正確的圖畫。（每題 4 分）

15. 남자 : 이 꽃병은 어디에 놓을까요 ?
　　　여자 : 저쪽 텔레비전 옆에 놓으세요 .

男：這個花瓶要放在哪裡？
女：請放在那邊電視的旁邊。

①

②

③

❹

16. 남자 : 어떻게 오셨어요 ?
　　　여자 : 수영을 배우려고 하는데요 . 한 달에
　　　　　　얼마예요 ?

男：有什麼事嗎？
女：我想學游泳，一個月要多少錢？

①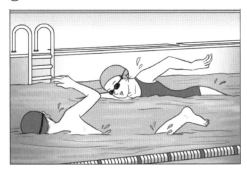

②

③

❹

內容相符題

| 題型攻略 |

　　本題型需根據兩者的對話，選擇與其相符的選項，也就是選出 4 個選項中哪一個對所談論內容的敘述是正確的。在作答時，做聽力筆記很重要，記得儘可能記下兩人所談論的內容，詳細的答題方式在下列範例與逐題中介紹。

　　新制 TOPIK I 試題中本題型有 8 題，每題 3 或 4 分。

※ [17~21] 다음을 듣고 〈보기〉와 같이 대화 내용과 같은 것을 고르십시오.

[17 ～ 21] 聽完下文後，請如同〈範例〉選出和對話內容相同的選項。

〈 보 기 〉

남자 : 요즘 한국어를 공부해요 ?
여자 : 네 . 한국 친구한테서 한국어를 배워요 .

① 남자는 학생입니다 .
② 여자는 학교에 다닙니다 .
③ 남자는 한국어를 가르칩니다 .
❹ 여자는 한국어를 공부합니다 .

〈範例〉

男：最近在學韓語嗎？
女：對，跟韓國朋友學韓語。

① 男生是學生。
② 女生在上學。
③ 男生在教韓語。
④ 女生在學韓語。

| 解題 |

▶ 在聽聲音檔的同時，不管你用什麼樣的記號或是文字，至少應該記下，

　　男：한국어 공부？
　　女：네 , 친구한테서…

▶ 根據這樣的筆記內容，可以很清楚地判斷答案是④。

17. (3점)

여자：내일 친구들이랑 전시회에 갈 건데 같이 갈래요？

남자：미안해요. 저도 같이 가고 싶은데 친구 결혼식이 있어서 못 가요.

① 여자는 친구들과 전시회에 갔습니다.
② 여자는 혼자 전시회에 가려고 합니다.
③ 남자는 전시회에 가고 싶지 않습니다.
❹ 남자는 내일 전시회에 갈 수 없습니다.

（3分）

女：我明天要和朋友一起去展示會，你要一起去嗎？

男：不好意思。我雖然想一起去但是因為朋友婚禮而無法去。

① 女生和朋友去過展示會了。
② 女生想一個人去展示會。
③ 男生不想去展示會。
④ 男生明天去不了展示會。

| 解題 |

▶ 寫筆記的時候，無須像小學生聽寫般地逐字逐句抄寫下來，而是要摘錄重點。以這一題為例，至少需記下下列訊息，

여：내일 ／ 친구들 和 ／ 전시회 가 ／ 같이 가？

남：미안, 가고 싶은데 ／ 친구 결혼식 ∴ 못 가

▶ 同時為了簡化書寫的筆劃和時間，在寫筆記的時候，可以按照意思以符號的方式呈現，例如「그래서（所以）」就可以用數學記號 ∴ 來表示，根據這樣的訊息我們就可以很從容地找出與內容相符合的選項。

18. (3점)

여자：실례합니다. 서울역에 가려고 하는데 몇 번 버스를 타야 돼요？

남자：버스보다 지하철이 더 빨라요. 저쪽에서 지하철 1호선을 타세요.

여자：네, 감사합니다.

① 남자는 여자를 기다리고 있습니다.
② 남자는 지하철역을 물어보고 있습니다.
③ 여자는 서울역에 가는 버스를 탔습니다.
❹ 여자는 지금 서울역에 가고 싶어합니다.

（3分）

女：不好意思。想要到首爾站應該要搭幾號公車呢？

男：地鐵比公車更快。請到那邊搭地鐵1號線。

女：好，感謝您。

① 男生在等女生。
② 男生在詢問地鐵站。
③ 女生搭了去首爾站的公車。
④ 女生現在想去首爾站。

| 解題 |

▶ 以這一題為例，所聽到寫下的筆記內容至少應有，

여：서울역 ／ 가려고 ／ 몇번 버스？

남：지하철이 快 ／ 저쪽 ／ 1호선 ／ 타세요

▶ 按照這些內容就可以正確無誤地找出與內容相符合的選項。

19. (3점)

여자 : 조셉 씨, 조금 전에 선생님께 한 손으로 공책을 드렸지요?

남자 : 네. 그런데 왜요?

여자 : 한국에서는 어른들께 물건을 드릴 때 꼭 두 손으로 드려야 해요.

남자 : 그렇군요. 몰랐어요. 다음에는 꼭 두 손으로 드릴게요.

① 여자는 선생님께 공책을 받았습니다.
② 여자는 한 손으로 물건을 받았습니다.
③ 남자는 두 손으로 공책을 드렸습니다.
❹ 남자는 한국 예절을 잘 알지 못합니다.

（3分）

女：Joseph 先生，剛剛你用單手給老師筆記本對吧？

男：是啊，怎麼了嗎？

女：在韓國，拿東西給長輩的時候，一定要用雙手才行。

男：原來如此。我不知道。下次一定用雙手給。

① 女生從老師那邊接到筆記本。
② 女生用單手接東西。
③ 男生用雙手給筆記本
④ 男生不是很了解韓國禮節。

| 解題 |

▶ 同樣地，考生對於本題應有下列摘要的筆記，

여 : 조금전 / 선생님께 / 한손 / 공책 / 드렸?

남 : 네, 왜?

여 : 한국 / 大人 / 물건 / 2손 / 드려

남 : 몰랐다（或：不知）/ 다음 / 두손 / 드릴게요

▶ 由於這樣的摘要筆記是做為自己解題用，並不是寫給別人看的作文，因此依個人取向記錄即可，平常就可以開發自己看得懂的書寫方式，持續性的訓練之後，往後參加 TOPIK II 時，對於題目長度較長的內容，就更能得心應手。

20. (4 점)

남자 : (따르릉) 여보세요 . 한국여행사입니다 .

여자 : 이번 주 금요일에 제주도에 가는 비행기 표를 예약하려고 하는데요 .

남자 : 네 . 어느 공항에서 출발하실 거죠 ?

여자 : 인천공항요 .

남자 : 네 , 잠시만요 . (컴퓨터로 자료 검색하는 소리) 죄송하지만 금요일은 자리가 없습니다 . 지금 예약 가능하신 건 토요일 오후 3 시입니다 . 예약을 해 드릴까요 ?

여자 : 음 , 아니요 , 생각해 보고 다시 연락 드릴게요 .

❶ 남자는 한국여행사에서 일합니다 .
② 여자는 비행기 표를 예약했습니다 .
③ 남자는 여자에게 전화를 걸었습니다 .
④ 여자는 토요일에 제주도에 가려고 합니다 .

（4分）

男：喂。這裡是韓國旅行社。

女：我想預約這個星期五到濟州島的機票。

男：好的，您要在哪個機場出發呢？

女：仁川機場。

男：好的，請等一下。（用電腦搜尋資料的聲音）很抱歉星期五沒有位子了。現在能預約的是星期六下午 3 點。要幫您預約嗎？

女：嗯，不用，我考慮後再聯絡。

① 男生在韓國旅行社工作。
② 女生預約了機票。
③ 男生打電話給女生。
④ 女生星期六想去濟州島。

| 解題 |

▶ 這一題如果考生確實摘錄兩人對話的內容，根據筆記可以很容易地刪除錯誤的選項，選擇正確的①。因為「여보세요 . 公司名稱＋입니다 .」是韓國公司員工接電話時講的第一句話，表示他是這家公司的職員。

21. (3 점)

여자 : 어서 오세요. 어제 집 보러 온다고
　　　전화한 학생 맞지요?

남자 : 네, 맞아요. 이 근처에 좀 조용하고
　　　깨끗한 방이 있을까요?

여자 : 네, 이쪽으로 오세요. (뚜벅뚜벅
　　　걷는 소리) 이 방이 깨끗하고 방값
　　　도 싸요. 어때요?

남자 : 음, 방이 좀 어두운 것 같네요. 그
　　　리고 부엌이 있었으면 좋겠어요.

여자 : 그럼, 다른 곳을 보여 줄게요. (뚜
　　　벅뚜벅 걷는 소리) 이 방은 좀 비싸
　　　지만 부엌도 있고 방도 밝아요.

남자 : 그러네요. 이 집이 마음에 들어요.

① 남자는 어제 방을 보러 왔습니다.
② 여자는 이 근처로 이사를 올 겁니다.
③ 여자는 마음에 드는 집을 구했습니다.
❹ 남자는 밝고 부엌이 있는 방을 찾습니다.

（3分）

女：歡迎光臨。你是昨天打電話說要
　　來看房子的學生對吧?

男：是，對的。這附近有稍微安靜又
　　乾淨的房間嗎?

女：好的，請到這邊來。這間房又乾
　　淨價錢又便宜，如何?

男：嗯，房間好像有點暗。還有要是
　　有廚房的話就好了。

女：那麼，給你看別的地方。這間房
　　雖然較貴一點，但有廚房也比較
　　明亮。

男：真的，我滿意這一間。

① 男生昨天來看過房間。
② 女生將要搬到這附近。
③ 女生找到了滿意的房子。
④ 男生在找明亮又有廚房的房間。

| 解題 |

▶ 本題中的內容都是有關找房子的詞彙，「집 보러 온다고 전화한 학생 (打電話說要來
看房子的學生)」，這裡出現了「間接引用」的文法。在TOPIK I 的程度當中，「間接引用」
或「間接引用與冠形詞「-ㄴ/는/ㄹ」的結合」不僅是文法的運用，甚至在聽力訓練方
面都是考生需要特別留意與加強的地方。

🗂 冠形詞的應用請參閱【單字格子趣：動詞、形容詞全方位應用】

※ **[22~24] 다음을 듣고 대화 내용과 같은 것을 고르십시오.**

[22 ～ 24] 聽完下文後，請選出和對話內容相符的選項。

22. (3 점)

여자 : (따르릉) 여보세요 .

남자 : 미영 씨 , 저예요 . 민수 . 내일 회의 시간이 바뀌어서 연락 드렸어요 . 원래 3 시에 하기로 했었는데 , 사장님이 5 시로 바꾸셨어요 .

여자 : 아 , 그렇군요 . 알겠어요 . 알려줘서 고마워요 .

남자 : 아니에요 . 그리고 회의 자료를 가지고 가야 하니까 바로 회의실로 가지 말고 , 3 층 사무실로 먼저 와요 . 그럼 내일 봐요 .

① 내일 3 시에 회의를 할 겁니다 .

② 회의 자료는 회의실에 있습니다 .

❸ 사장님이 회의 시간을 바꿨습니다 .

④ 사무실에서 회의를 하기로 했습니다 .

（3分）

女：喂。

男：美英，是我，民秀。因為明天會議時間有更動，所以跟你聯絡。本來是 3 點，社長改成 5 點。

女：喔，這樣啊，我知道了。謝謝你告訴我。

男：不客氣。還有因為要帶會議資料過去，所以不要直接去會議室，請先到 3 樓辦公室來。那麼明天見。

① 明天 3 點要開會。

② 會議資料在會議室。

③ 社長更改了會議時間。

④ 決定要在辦公室開會。

| 解題 |

▶ 在這一類的題目中出現了像「원래（本來）」的副詞以及像「바뀌어서 / 하기로 했었는데 / 가지고 가야하니까」等連結副詞，在筆記時要特別注意這些副詞帶來的語意變化，「원래 3 시에 하기로 했었는데 , 사장님이 5 시로 바꾸셨어요 .（本來是 3 點，社長改成 5 點。）」說明了選項③為符合內容的答案。

🗁 連結副詞請參閱【文法格子趣：韓語的副詞】

23. (4점)

여자 : 철수 씨, 미안하지만 5시쯤에 한국어과 학생이 오면 이 서류 좀 전해 줄 수 있어요? 제가 조금 일찍 나가야 해서요.

남자 : 네. 근데, 그 학생 이름이 뭐예요?

여자 : 이름은 김미영인데 키가 좀 크고 머리가 짧은 여학생이에요.

남자 : 알겠어요. 걱정 말고 퇴근하세요. 잘 전해 줄게요.

① 남자는 학생의 이름을 알고 있습니다.
② 여자는 지금 학생을 만나러 갈 겁니다.
❸ 여자는 오늘 조금 일찍 나가려고 합니다.
④ 남자는 학생에게서 서류를 받아야 합니다.

（4分）

女：哲秀，不好意思，5點左右韓語系學生來的話，可以幫忙轉交這份資料給他嗎？因為我有事必須早一點離開。

男：好，但那位學生叫什麼名字呢？

女：名字是金美英，是個個子有點高、短頭髮的女學生。

男：我知道了，不用擔心，你先下班。我會替你轉交的。

① 男生知道學生的姓名。
② 女生現在要去見學生。
③ 女生今天要早一點離開。
④ 男生要從學生那邊收到資料。

---

24. (3점)

여자 : 안녕하세요. 여기서 자전거 빌릴 수 있죠?

남자 : 네. 어떤 자전거를 빌려 드릴까요?

여자 : 어린이 자전거 한 대랑 어른 자전거 한 대를 빌리려고 하는데요. 한 시간에 얼마예요?

남자 : 어른용은 한 시간에 팔천 원이고 어린이용은 한 시간에 삼천 원이에요. 다 타시고 여기로 오셔서 돌려주시면 됩니다.

① 남자는 자전거를 사러 왔습니다.
② 남자는 자전거를 돌려주고 있습니다.
❸ 여자는 한 시간 동안 자전거를 탈 겁니다.
④ 여자는 어른용 자전거를 두 대 빌렸습니다.

（3分）

女：您好。這裡可以借腳踏車對吧？

男：是的，您要借哪種腳踏車呢？

女：我想借一台小孩腳踏車和一台大人腳踏車。一小時要多少錢？

男：大人用的一小時8千元，小孩用的一小時3千元。騎完回到這裡還車就可以了。

① 男生來買腳踏車。
② 男生正在還腳踏車。
③ 女生將騎一小時腳踏車。
④ 女生借了兩台大人用腳踏車。

| 題型攻略 |

　　本題型是根據聽到的內容回答問題，每段朗讀文章或對話有兩個相對應的問題，也就是25 和 26 題、27 和 28 題、29 和 30 題分別對應一個聲音檔。所以在作答時要同時考慮兩題問題的內容，並且要先瀏覽過題目，聽力的筆記更是作答時重要的參考依據。

　　本題型一般有 6 題，每題 4 分，合計 24 分，題型與範例如下：

※ [25～26] 다음을 듣고 물음에 답하십시오. (각 4 점)
[25 ～ 26] 聽完下文後請回答問題。（每題 4 分）

남자 : (딩동댕) 지금부터 1부 공연에 이어 2부 공연을 시작하겠습니다 . 밖에 계신 관객 여러분께서는 들어오셔서 자리에 앉아 주시기 바랍니다 . 계속해서 공연이 끝날 때까지 휴대 전화는 꺼 주시고 , 공연 중에는 사진을 찍지 마시기 바랍니다 . 감사합니다 .

男：現在接著第一段後第二段表演即將開始。希望在外面的各位觀眾能入內就座。直至表演結束為止手機請關機，並且在表演中請勿照相。感謝大家。

25. 어떤 이야기를 하고 있는지 고르십시오 .

① 감사
② 초대
❸ 부탁
④ 인사

25. 請選出這是何種談話。

① 感謝
② 招待
③ 請求
④ 打招呼

26. 들은 내용과 같은 것을 고르십시오 .

① 준비된 공연이 모두 끝났습니다 .
② 공연을 보려면 밖으로 나가야 합니다 .
❸ 공연 시작 전에 자리에 앉아야 합니다 .
④ 공연을 보면서 사진을 찍을 수 있습니다 .

26. 請選出和聽到的內容相符的選項。

① 準備好的表演全部結束了。
② 想看表演的話，要到外面去。
③ 在表演開始前要先入座。
④ 可以一邊看表演一邊照相。

※ **[27~28] 다음을 듣고 물음에 답하십시오. (각 4 점)**

[27 ~ 28] 聽完下文後請回答問題。（每題 4 分）

남자 : 미영 씨, 이번 연휴 잘 보냈어요?

여자 : 이번 연휴는 집에서 그냥 쉬었는데 연휴
　　　가 끝나고 나니까 후회되네요. 민수 씨는
　　　어떻게 보냈어요?

남자 : 저는 가족들과 경주에 다녀왔어요. 경주
　　　에서 아름다운 산도 구경하고 유명한 경
　　　주빵도 먹었어요. 짧았지만 즐거운 시간
　　　이었어요.

여자 : 아, 부러워요. 저도 기회가 있으면 경주
　　　에 한번 가 보고 싶네요.

男：美英，這次連休假期過得愉快
　　吧？
女：這次連休只在家休息，假期結束
　　就後悔了。民秀你過得如何呢？

男：我和家人們到慶州去了一趟。在
　　慶州看到美麗的山也吃到了有名
　　的慶州麵包。雖然時間短暫但卻
　　很愉快。
女：啊，好羨慕。有機會我也想去一
　　次慶州看看。

27. 두 사람이 무엇에 대해 이야기하고 있는지
고르십시오.

❶ 이번 연휴에 한 일
② 연휴를 잘 보내는 방법
③ 연휴를 같이 보낼 사람
④ 이번 연휴에 가고 싶은 곳

27. 請選出兩人在談論什麼。

① 這次連休假期中所做的事
② 好好度過連休假期的方法
③ 將一起度過連休假期的人
④ 這次連休假期想去的地方

28. 들은 내용과 같은 것을 고르십시오.

① 남자는 지금 후회를 하고 있습니다.
② 여자는 경주에 가 본 적이 있습니다.
③ 여자는 연휴를 아주 즐겁게 보냈습니다.
❹ 남자는 가족들과 경주에 여행을 갔습
니다.

28. 請選出和聽到的內容相符的選項。

① 男生現在很後悔。
② 女生曾去過慶州。
③ 女生很愉快地度過連休假期。
④ 男生和家人們去了慶州旅行。

※ **[29~30] 다음을 듣고 물음에 답하십시오 . (각 4 점)**
[29 ～ 30] 聽完下文後請回答問題。（每題 4 分）

남자 : 안녕하세요 . 무슨 일로 오셨어요 ?

여자 : 컴퓨터가 고장이 나서요 . 컴퓨터를 켜면 조금 있다가 바로 꺼져요 .

남자 : 아 , 네 . 다른 문제는 없고요 ?

여자 : 네 . 다른 건 다 괜찮아요 . 근데 지금 바로 고칠 수 있을까요 ?

남자 : 음 , 지금 바로 하기는 어려울 것 같아요 . 내일 연락 드리면 오셔서 찾아가세요 . 수리비는 삼만 원이에요 .

여자 : 네 . 알겠습니다 . 그럼 연락 주세요 . 수리비는 내일 드릴게요 .

男：您好。有什麼事嗎？

女：因為電腦故障。打開電腦後過一會兒就自己關掉了。

男：啊，這樣啊。沒有其他問題嗎？

女：對。其他都還好。但現在可以馬上修嗎？

男：嗯，現在馬上修有點困難。明天我通知您後，請再過來拿。修理費 3 萬元。

女：好，我知道了。那麼請再通知我。修理費明天給。

29. 여자는 지금 왜 여기에 왔습니까 ?

　① 컴퓨터를 바꾸려고
　❷ 컴퓨터를 고치려고
　③ 컴퓨터를 선물하려고
　④ 컴퓨터를 찾아가려고

29. 女生現在為何來到這裡？

　① 想換電腦。
　② 想修電腦。
　③ 想送電腦當禮物。
　④ 想去找電腦。

30. 들은 내용과 같은 것을 고르십시오 .

　① 여자는 남자에게 삼만 원을 냈습니다 .
　② 남자는 여자에게 컴퓨터를 주었습니다 .
　❸ 여자는 내일 컴퓨터를 찾으러 올 겁니다 .
　④ 남자는 오늘 여자에게 연락하기로 했습니다 .

30. 請選出和聽到的內容相符的選項。

　① 女生交給男生 3 萬元。
　② 男生給了女生電腦。
　③ 女生明天將會來取電腦。
　④ 男生約好今天通知女生。

2

【官方範例試題逐題解析】

TOPIK I
閱讀篇

31 ～ 70 題，共四十題

重點題型

- ✓ 基本詞彙題
- ✓ 公告、指引文題
- ✓ 短文閱讀題
- ✓ 中心思想題

- ✓ 題組 I：填空選擇＋文章理解
- ✓ 文章重組題
- ✓ 題組 II：填空選擇＋文章理解

基本詞彙題

| 題型攻略 |

　　基本詞彙題型中，分為談論的主題和在空格填上正確語彙兩類題目。重點在單字量，需掌握初級基本語彙。有關韓語基本語彙內容，請參閱本書附贈的〈單字小冊〉，關於各詞類（動詞、形容詞、助詞、副詞）和語尾，亦可參閱本書單字、句型、文法【格子趣】內容。

※ [31~33] 무엇에 대한 이야기입니까? 〈보기〉와 같이 알맞은 것을 고르십시오.

　　[31～33] 在談論什麼呢？請如同〈範例〉選出正確的選項。

〈보 기〉

덥습니다. 바다에서 수영합니다.

❶ 여름　　　　　② 날씨
③ 나이　　　　　④ 나라

〈範例〉

熱。在海邊游泳。

① 夏天　　　　② 天氣
③ 年齡　　　　④ 國家

| 範例解題 |

▶ 關鍵語彙：덥다 熱的；바다 海；수영 游泳

▶ 可從形容天氣的關鍵字덥습니다（덥다 熱的），也就是날씨가 덥습니다（天氣熱），推斷主題指的是夏天。

---

31. (2 점)

아침에 농구를 합니다. 저녁에 테니스도 배웁니다.

① 계획　　　　❷ 운동
③ 장소　　　　④ 수업

（2分）

早上打籃球。晚上也學網球。

①計畫　　　　② 運動
③ 場所　　　　④ 上課

| 解題 |

▶ 關鍵語彙：농구 籃球；테니스 網球

　　　　→ 從關鍵語彙可推測主題為運動項目。

▶ 韓語常用片語：농구를 하다 打籃球；테니스를 치다 打網球

▶ 韓語的學習要記得以片語的形式來記憶才是最有效率的哦！

32. (2 점)

오늘은 친구의 생일입니다 . 저는 친구에게 책을 줄 겁니다 .

① 약속　　　　② 날짜

❸ 선물　　　　④ 휴일

（2分）

今天是朋友的生日。我將要送書給朋友。

① 約定　　　　② 日期

③ 禮物　　　　④ 休息日

33. (3 점)

영수 씨는 노래를 좋아합니다 . 그래서 노래를 자주 부릅니다 .

① 시간　　　　② 친구

③ 직업　　　　❹ 취미

（3分）

英秀喜歡唱歌。所以經常唱歌。

① 時間　　　　② 朋友

③ 職業　　　　④ 興趣

| 解題 |

▶ 關鍵語彙：노래를 좋아하다 喜歡唱歌；부르다 唱（歌）
　　　　　　→從關鍵語彙可推測主題為興趣。

※ [34~39] 〈보기〉와 같이 빈칸에 제일 알맞은 것을 고르십시오 .

[34 ～ 39] 請如同〈範例〉選出適合填入空格中的選項。

〈 보 기 〉

날씨가 좋습니다 . (　　) 이 맑습니다 .

① 눈　　　　　② 밤

❸ 하늘　　　　④ 구름

〈範例〉

天氣好。(　　) 晴朗。

① 雪　　　　　② 夜晚

③ 天空　　　　④ 雲

| 範例解題 |

▶ 韓語常用片語：名詞＋이 / 가 맑다 ……晴朗

▶ 因此可推斷四個選項中最適合的為「하늘（天空）」，也就是「하늘이 맑다（天空晴朗）」。

34. (2 점)

가방 (　　) 좋아요.

① 과　　　　　　　② 을

❸ 이　　　　　　　④ 에서

（2分）

包包（　　）好的。

① 接續格助詞・② 受格助詞

③ 主格助詞　　　④ 處所格助詞

| 解題 |

▶ 本句中「가방（包包）」為主詞，因此需要主格助詞「이 / 가」。

35. (2 점)

비행기를 탑니다. (　　) 에 갑니다.

❶ 공항　　　　　　② 시장

③ 우체국　　　　　④ 대사관

（2分）

搭乘飛機。到（　　）去。

① 機場　　　　　　② 市場

③ 郵局　　　　　　④ 大使館

| 解題 |

▶ 關鍵語彙：비행기 飛機；타다 搭乘；공항 機場

▶ 從句子的概念可以發展成「공항에서 비행기를 탑니다. （在機場搭飛機）」

36. (2 점)

주말에 명동에 가서 친구를 만났습니다.
재미있게 (　　).

① 봤습니다　　　② 읽었습니다

❸ 지냈습니다　　④ 헤어졌습니다

（2分）

週末去明洞和朋友見了面。有趣地
（　　）。

① 看了　　　　② 讀了

③ 度過了　　　④ 分開了

| 解題 |

▶ 關鍵語彙：지내다 度過；過去式變化 →지내＋었＋습니다 →지냈습니다

▶ 韓語常用片語：ー게＋動詞 （做）得……

▶ 這裡按照所需的意思選擇的是「지냈습니다（度過了）」。

動詞活用請參閱【單字格字趣：動詞、形容詞全方位應用】

37. （3點）

방이 （　　）. 그래서 창문을 열었습니다 .

① 좋습니다　　② 밝습니다
③ 넓습니다　　❹ 덥습니다

（3分）

房間（　　）。所以打開了窗戶。

① 好　　　② 明亮
③ 寬敞　　④ 悶熱

| 解題 |

▶ 關鍵語彙：그래서 因為（表示前後因果關係的接續副詞）

▶ 從意思上來說應選擇「덥다（悶熱）」。

38. （3點）

늦게 가면 표를 살 수 없습니다 . （　　）
출발합시다 .

❶ 빨리　　　② 천천히
③ 이따가　　④ 조심해서

（3分）

如果太晚去的話會買不到票。
（　　）出發吧。

① 趕緊　　② 慢慢地
③ 等一下　④ 小心

| 解題 |

▶ 關鍵語彙：빨리 趕緊（程度副詞）

▶ 韓語常見句型：副詞＋動詞 動作做得……

▶ 本題中的前後兩個句子，前句為前提，後句藉由副詞來修飾整個動作。

🗂 基本副詞請參閱【文法格子趣：韓語副詞】

39. （2點）

날씨가 추워요 . 그래서 장갑을 （　　）.

① 찼어요　　　② 했어요
③ 세웠어요　　❹ 끼었어요

（2分）

天氣冷。所以（　　）手套。

① 踢了　　② 做了
③ 立了　　④ 戴了

| 解題 |

▶ 關鍵語彙：끼다 戴（手套、戒指）；過去式變化 → **끼었어요**（縮寫：**꼈어요**）

▶ 韓語常用片語：장갑을 끼다 戴手套

🗂 時態的變化請參閱【文法格子趣：韓語時態】

公告、指引文題

| 題型攻略 |

　　本題型是有關韓國生活的運用題，一般是根據生活上的公告、指示或導引之類的標示做為題目，所以為了強化這類題型的解答能力，平常在學習韓語時，要注意每一個標題的口語解釋，以及常作為標題的**漢字語與純韓文之間的對應或解釋**，這樣的訓練對於本題型很有幫助。

　　請注意，本題型要選出「**不正確**」的選項！

> ※ [40～42] 다음을 읽고 맞지 <u>않는</u> 것을 고르십시오.
>
> [40 ～ 42] 讀完下文，請選出<u>不正確</u>的選項。

40. (3 점)

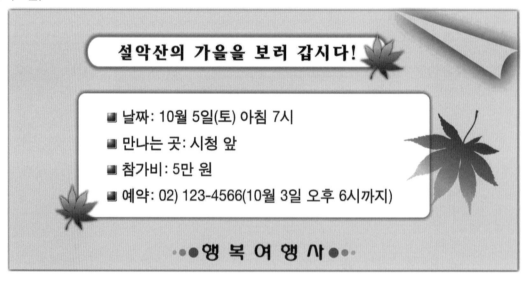

① 설악산으로 가을 여행을 갑니다.
❷ 여행 하루 전까지 신청해야 합니다.
③ 여행을 하려면 5 만원을 내야 합니다.
④ 토요일 아침에 시청 앞에서 출발합니다.

（3分）

> 一起去看雪嶽山的秋景吧！
>
> 日期：10月5日（六）早上7時
> 集合處：市廳前
> 參加費：5萬元
> 預約：02）123-4566（10月3日下午6時為止）
>
> 幸福旅行社

① 到雪嶽山秋日旅行。
② 申請至旅行前一天為止。
③ 要參加旅行的話須交5萬元。
④ 週六早上從市廳前出發。

| 解題 |

▶ 選項①對應於本文中「설악산의 가을을 보러 갑시다」。
▶ 選項②與本文中「10월 3일 오후 6시까지 신청해야 합니다」的內容不一致。
▶ 選項③對應於本文中的「참가비：오만원」。
▶ 選項④對應於本文中的「만나는 곳：시청 앞」。

41. (3 점)

상가 안내도	
3F	코리아 극장
2F	조아 서점
1F	행복 은행
B1	주차장

❶ 일 층에서 편지를 보낼 수 있습니다.
② 자동차는 지하 일 층으로 들어갑니다.
③ 사람들은 영화를 보러 삼 층에 갑니다.
④ 책을 사고 싶으면 이 층으로 가야 합니다.

（3 分）

商家指引	
3F	Korea 劇場
2F	JOA 書店
1F	幸福銀行
B1	停車場

① 一樓可以寄信。
② 汽車由地下一樓進入。
③ 人們到三樓看電影。
④ 想買書的話，應該到二樓。

| 解題 |

▶ 選項①與本文中的「일층：행복은행」**不符合**。

▶ 選項③與本文「지하1층：주차장」相符合。

▶ 選項③與本文「3F：극장」相符合。

▶ 選項④與本文「2F：서점」相符合。

42. (2 점)

주말 문화 교실

시간	토요일	일요일
09:00 ~ 11:00	수영	요리
13:00 ~ 15:00	배드민턴	노래
17:00 ~ 21:00	요리	수영

❶ 요리 교실은 주말 오후에만 있습니다.
② 수영 수업은 토요일하고 일요일에 있습니다.
③ 배드민턴은 토요일 오후에만 할 수 있습니다.
④ 컴퓨터는 주말 문화 교실에서 배울 수 없습니다.

（2分）

週末文化教室		
時間	星期六	星期日
09:00~11:00	游泳	料理
13:00~15:00	羽毛球	歌唱
17:00~21:00	料理	游泳

① 只有在週末下午有料理教室的課。

② 在週六和週日有游泳課。

③ 只有在週六下午能打羽毛球。

④ 在週末文化教室學不到電腦。

| 解題 |

▶ 這一題是一般生活韓語的運用題。

▶ 關鍵語彙：토요일 星期六；일요일 星期日；주말 週末；수영 游泳；배드민턴 羽毛球

▶ 即使不知道題目中的運動名稱，在答題時仍可以和選項互相對照作答。不過這一類的基本字彙屬於必備單字，須詳記。

短文閱讀題

| 題型攻略 |

　　本題型皆為 3 個句子組成的短文。韓語短文經常**省略主詞「나（我）」**，這樣的主詞省略現象，常會造成韓語學習者的困擾，在此提醒各位，不論是在平日寫作或是解題時都需特別注意句子中做事情的主詞。

※ [43〜45] 다음의 내용과 같은 것을 고르십시오. （각 3 점）

[43 〜 45] 請選出和下面內容相同的選項。（每題 3 分）

---

43. 오늘 점심을 먹고 우체국에 갔습니다. 우체국에서 부모님에게 편지를 보냈습니다. 동생한테는 청바지를 보냈습니다.

今天吃完午餐到郵局去。在郵局寄信給父母親。寄了牛仔褲給弟弟。

① 오늘 동생에게 편지를 썼습니다.
② 편지를 보내고 점심을 먹었습니다.
③ 부모님한테서 청바지를 받았습니다.
❹ 우체국에 가서 청바지를 보냈습니다.

① 今天寫了信給弟弟。
② 寄信後吃了午餐。
③ 從父母那兒收到了牛仔褲。
④ 到郵局寄了牛仔褲。

| 解題 |

▶ 原文有 3 個句子，內容為：

「**(나는)** 오늘 점심을 먹고 우체국에 갔습니다. **(나는)** 우체국에서 부모님에게 편지를 보냈습니다. **(나는)** 동생한테는 청바지를 보냈습니다.」

---

44. 지난주에 누나의 결혼식이 있었습니다. 노래를 잘 못하지만 축하 노래를 해 주고 싶었습니다. 한 달 동안 열심히 연습해서 축하 노래를 불렀습니다.

上週是姊姊的婚禮。我雖然歌唱得不怎麼樣，但想唱祝賀歌給她。努力練習了一個月後唱了祝福的歌給她。

① 저는 노래 부르기를 좋아합니다.
❷ 저는 결혼식에서 노래를 했습니다.
③ 저는 지난주에 결혼식을 했습니다.
④ 저는 열심히 연습해서 노래를 잘합니다.

① 我喜歡唱歌。
② 我在婚禮上唱了歌。
③ 我在上週辦了婚禮。
④ 我努力練習後歌唱得很好。

| 解題 |

▶ 原文有 3 個句子，同上題皆省略主詞「나（我）」，內容為：

「**(나는)** 노래를 잘 못하지만 **(나는)** 축하 노래를 해 주고 싶었습니다． **(나는)** 한 달 동안 열심히 연습해서 축하 노래를 불렀습니다．」

▶ 關鍵語彙：노래를 부르다 唱歌；過去式變化 →**노래를 불렀습니다**

☞ 動詞、形容詞不規則變化請參閱【單字格子趣：動詞、形容詞全方位應用】

45. 저는 토요일마다 사진 모임에 나갑니다．우리 모임에서는 매주 사진을 찍고 한 달에 한 번 여행도 갑니다．이번 주 일요일에는 전시회도 할 겁니다．

① 이번 일요일에도 여행을 갈 겁니다．
❷ 매주 모임에 나가서 사진을 찍습니다．
③ 한 달에 한 번 사진 전시회가 있습니다．
④ 토요일마다 사진을 찍으러 여행을 갑니다．

每個星期六我會去參加攝影同好會。我們的聚會每週都會照相，且一個月會去一次旅行。這星期日還會辦作品展。

① 這星期日也要去旅行。
② 每週會去聚會照相。
③ 每個月有一次展示會。
④ 每週六會去旅行照相。

中心思想題

※ [46~48] 다음을 읽고 중심 생각을 고르십시오.

[46 ~ 48] 讀完下文後，請選出其中心思想。

46. (3 점)

저는 비가 오면 공원에 갑니다. 비 오는 소리를 들으면서 공원을 걷습니다. 그러면 기분이 좋아집니다.

① 저는 비가 오기 전에 공원에 갑니다.
② 저는 공원에 가서 매일 걷고 싶습니다.
③ 저는 기분이 좋을 때 공원을 산책합니다.
❹ 저는 비 오는 날 산책하기를 좋아합니다.

（3分）

如果下雨的話，我會去公園。一邊聽著下雨的聲音一邊在公園內走著。這樣的話心情就會變好。

① 在下雨前我會去公園。
② 我想每天去公園走走。
③ 我心情好的時候會到公園散步。
④ 我喜歡在雨天散步。

| 解題 |

▶ 選項①的「오기 전에（下雨之前）」與原文不符。

▶ 韓語常用片語：動詞＋기 전에 ……之前

▶ 選項②的「매일（每天）」與原文不符。

▶ 選項③的「기분이 좋을 때（心情好的時候）」也與原文不符。

▶ 選項④「비 오는 날＝비가 오면（下雨的日子＝下雨的話）、산책하기＝걷다（散步＝走路）」，符合原文內容。

47. (3 점)

우리 아버지는 일이 많아서 늦게 퇴근하십니다. 지난 주말에도 회사에 가셨습니다. 저는 아버지와 함께 시간을 보내고 싶습니다.

❶ 우리 아버지는 바쁩니다.
② 우리 아버지는 주말에 쉽니다.
③ 저는 회사에서 시간을 많이 보냅니다.
④ 저는 주말에 아버지와 함께 있습니다.

（3分）

我爸爸因為工作很多而晚下班。上週末也去了公司。我想和爸爸一起度過時光。

① 我爸爸很忙。
② 我爸爸週末休息。
③ 我花很多時間在公司。
④ 我週末和爸爸在一起。

| 解題 |

▶ 從題目的第 1 句和第 2 句可知選項①為正確答案。而第 2 句亦可推知選項②不正確。選項③則無法從文中得知。而由整體文意來看，可知選項④無法成立。

48. (2 점)

> 저는 어제 구두를 샀습니다. 오늘 그 구두를 신었는데 조금 작아서 발이 아팠습니다. 그래서 오늘 다시 가서 다른 구두로 바꿀 겁니다.

① 저는 새 구두 사기를 좋아합니다.
② 저는 발이 아파서 새 구두를 샀습니다.
❸ 저는 어제 산 구두를 바꾸러 갈 겁니다.
④ 저는 어제 바꾼 구두를 신으려고 합니다.

（2分）

> 我昨天買了皮鞋。今天穿了那皮鞋，可是有一點小所以腳痛。所以今天我會再去換其他的皮鞋。

① 我喜歡買新皮鞋。
② 我因為腳痛買了新皮鞋。
③ 我要去換掉昨天買的皮鞋。
④ 我想穿昨天換的皮鞋。

| 解題 |

▶ 本題需注意以下脈絡：「저 – 어제 – 구두 – 샀다 → 그 구두 – 작다 – 그래서 – 발 – 아프다 → （가게에） 가다 – 바꾸다 – ㄹ 것이다」

▶ 本文中並無提到選項①；選項②與本文不符；選項④則與本文不符。

題組 I：填空選擇＋文章理解

※ [49~50] 다음을 읽고 물음에 답하십시오. (각 2 점)

[49 ~ 50] 請讀完下文並回答問題。（每題 2 分）

요즘 (㉠) 가게들이 인기가 많습니다. 그 가게에서는 옛날에 나온 장난감을 살 수 있습니다. 또 옛날 만화책도 구경할 수 있습니다. 그리고 그 가게에 가면 오래 전 음악도 들을 수 있습니다. 어른들은 그 가게에서 아이들과 함께 옛날이야기를 합니다.

最近（ ㉠ ）商店人氣很旺。在那店家內可以買到以前的玩具，還可以看以前的漫畫。而且去那店家也可以聽到好久以前的音樂。大人們可以在那家店內和小孩們一起聊以前的故事。

49. (㉠)에 들어갈 알맞은 말을 고르십시오.

① 장난감을 만드는
② 학교 근처에 있는
❸ 옛날 물건을 파는
④ 옛날이야기를 해 주는

49. 請選出適合填入（ ㉠ ）內的句子。

① 製造玩具的
② 在學校附近的
③ 賣以前物品的
④ 說以前故事的

50. 이 글의 내용과 같은 것을 고르십시오.

① 어른들만 이 가게에 자주 갑니다.
❷ 이 가게에는 옛날 음악이 나옵니다.
③ 요즘 장난감 가게들이 많이 있습니다.
④ 이 가게에 가면 요즘 만화책이 많습니다.

50. 請選出和本文內容相同的選項。

① 只有大人們常去這種店。
② 這家店會放以前的音樂。
③ 最近有很多玩具店。
④ 去這家店的話會有很多最近的漫畫。

| 解題 49 |

▶ 先看到原文幾個關鍵字：「가게、옛날 장난감을 살 수 있다、옛날 만화책을 구경할 수 있다、오래 전 음악도 들을 수 있다、옛날이야기를 하다」

▶ 因此符合這樣的內容應該是選項③。

| 解題 50 |

▶ 選項①的「어른들만（只有大人）」不正確；本文中並無提到選項③的內容；選項④的「요즘 만화책（最近的漫畫）」與本文不一致。

※ **[51~52] 다음을 읽고 물음에 답하십시오. (각 2 점)**
[51 ~ 52] 請讀完下文並回答問題。（每題 2 分）

저는 꽃차를 자주 마십니다. 꽃차는 입으로만 마시는 차가 아닙니다. 눈으로 마실 수도 있습니다. 맛도 좋고 (㉠) 때문입니다. 그래서 꽃차를 마실 때 눈도 즐겁습니다. 또 머리가 아플 때 꽃차를 마시면 기분이 좋아집니다. 꽃차를 마시면 건강해지는 것 같아서 아주 좋습니다.

我常喝花茶。花茶不只是用嘴喝的茶，也可以用眼睛來喝。因為味道好（ ㉠ ）。所以喝花茶的時候眼睛也很愉快。還有在頭痛的時候喝花茶的話，心情會變好。感覺喝了花茶就會變健康，非常棒。

51. (㉠)에 들어갈 알맞은 말을 고르십시오.

❶ 색깔도 예쁘기
② 머리에도 좋기
③ 눈도 좋아지기
④ 얼굴도 예뻐지기

51. 請選出適合填入(㉠)內的句子。

① 顏色也漂亮
② 對頭腦也好
③ 眼睛也變好
④ 臉也變漂亮

52. 무엇에 대한 이야기입니까? 알맞은 것을 고르십시오.

① 꽃차를 마시는 방법
❷ 꽃차를 좋아하는 이유
③ 꽃차를 마실 수 있는 곳
④ 꽃차가 건강에 좋은 이유

52. 本文在談論什麼？請選出適當的選項。

① 喝花茶的方法
② 喜歡花茶的理由
③ 可以喝花茶的地方
④ 花茶有益健康的理由

| 解題 51 |

▶ 解題的關鍵在於「눈으로 마실 수도 있습니다（也可以用眼睛來喝）」，所以適合的選項是①。

| 解題 52 |

▶ 解題的關鍵在於文中的最後一句，因此答案為選項②而非④。

※ **[53~54] 다음을 읽고 물음에 답하십시오.**

[53～54] 請讀完下文並回答問題

텔레비전을 좋아하는 아이들은 집에서 책을 잘 읽지 않습니다. 그래서 어떤 부모들은 거실에 텔레비전 대신 책상과 책장을 놓습니다. 그리고 시간이 있을 때마다 거기에서 함께 책을 읽습니다. 그러면 (　　) 아이들도 책을 읽습니다.

喜歡電視的孩子們在家不太讀書，所以有些父母把書桌和書櫃代替電視放在客廳裡。並且一有時間就一起在客廳讀書，這樣的話孩子也(　　)讀書。

53. (　　) 에 알맞은 말을 고르십시오. (2 점)

53. 請選出適合填入 (　　) 內的話。
（2分）

❶ 부모를 따라서
② 밥을 먹지 않고
③ 친구들과 놀지 않고
④ 텔레비전을 보면서

① 跟著父母
② 不吃飯
③ 不和朋友玩
④ 一邊看電視

54. 이 글의 내용과 같은 것을 고르십시오. (3 점)

54. 請選出和本文內容相同的選項。
（3分）

① 아이들은 부모와 함께 놀아야 합니다.
② 아이들은 텔레비전보다 책을 훨씬 좋아합니다.
❸ 거실에 텔레비전이 없으면 아이들이 책을 봅니다.
④ 요즘 부모들은 아이들과 책을 볼 시간이 없습니다.

① 孩子們應該要和父母一起玩。
② 比起電視，孩子們更喜歡書本。
③ 客廳沒有電視的話，孩子們會讀書。
④ 最近的父母沒有時間和孩子們一起看書。

| 解題 53 |
▶ 根據「시간이 있을 때마다 거기에서 함께 책을 읽습니다 (一有時間就一起在客廳讀書)」可判斷後句應為「부모를 따라서 아이들도 책을 읽습니다 (孩子也跟著父母讀書)」。

| 解題 54 |
▶ 題目中要求和文章一致的答案，選項①②④雖然合乎常理，但卻不是文章所提及的內容，所以正解為③。

※ **[55~56] 다음을 읽고 물음에 답하십시오.**

[55 ～ 56] 請讀完下文並回答問題。

준호 씨, 오늘 저녁에 친구들이 우리 집에 올 거예요. 준호 씨도 시간이 있으면 오세요. 오늘은 제가 직접 요리를 해서 저녁을 먹을 거예요. 요리 재료도 다 준비했으니까 준호 씨는 그냥 오세요. 올 때 지하철역에 내려서 전화해 주세요. (   ) 제가 지하철역으로 나갈게요.

– 수미 –

俊浩，今天晚上朋友們要來我們家。你有時間的話也請一起來。今天我會親自下廚做晚餐吃。做菜的材料也都已經準備好了，你直接來就可以。來的時候，在地鐵站下車後請打電話給我。我會去地鐵站 (   )。

－秀美－

55. (   ) 에 들어갈 알맞은 말을 고르십시오. (2 점)

① 그래서　　② 그리고
③ 그러나　　❹ 그러면

55. 請選出適合填入 (   ) 內的話。（2 分）

① 所以　　② 還有
③ 但是　　④ 那樣的話

56. 이 글의 내용과 같은 것을 고르십시오. (3 점)

① 준호가 직접 요리를 할 겁니다.
❷ 수미가 요리 재료를 준비했습니다.
③ 준호는 오늘 저녁에 친구들을 초대했습니다.
④ 수미는 지하철역에서 민수에게 전화할 겁니다.

56. 請選出和本文內容相同的選項。（3 分）

① 俊浩將親自下廚。
② 秀美準備了做菜材料。
③ 俊浩今天晚上招待朋友們。
④ 秀美將從地鐵站打電話給民秀。

| 解題 55 |

▶ 這是有關 **連結副詞** 的題型，做題時可觀察前後句的語意選擇連結副詞。連結副詞按照其性質的不同，會有不同的類型。

📁 連結副詞請參閱【文法格子趣：韓語副詞】

| 解題 56 |

▶ 從短文的稱謂和署名可推知，受邀人為俊浩，邀請客人的是秀美，因此選項①選項③皆不符合。而選項④可由「올 때 지하철역에 내려서 (저한테) 전화해 주세요」知道將打電話的人是俊浩。所以正確的是選項②。

文章重組題

| 題型攻略 |

　　這一類的排列題，除了按照文章脈絡來作答以外，也可以由**連結副詞**作為語氣或語意的判斷輔助。例如以往的題目中，第一句話不會出現以「하지만（但是）、그런데（然而）」等轉折連結副詞開頭的句子，因此確定好第一句之後，剩下的選項可以連結副詞作判斷。

※ [57～58] 다음을 순서대로 맞게 나열한 것을 고르십시오.

[57 ～ 58] 請選出排列順序正確的選項。

57. (2 점)

　　(가) 저는 등산을 좋아해서 주말마다 산에 갑니다.

　　(나) 하지만 겨울에는 눈이 많이 와서 산길이 위험합니다.

　　(다) 등산 지도도 볼 수 있어서 산에 올라갈 때 아주 편합니다.

　　(라) 그런데 요즘은 휴대전화로 안전한 산길을 안내 받을 수 있습니다.

　① (가) － (나) － (다) － (라)

　❷ (가) － (나) － (라) － (다)

　③ (가) － (다) － (라) － (나)

　④ (가) － (라) － (나) － (다)

（2分）

（가）我喜歡爬山所以每個週末都去山上。

（나）但是在冬天雪很大山路很危險。

（다）也可以看到登山地圖，上山時非常便利。

（라）不過最近可以用手機來接收安全的山路指引資訊。

① (가) － (나) － (다) － (라)

② (가) － (나) － (라) － (다)

③ (가) － (다) － (라) － (나)

④ (가) － (라) － (나) － (다)

| 解題 |

▶　（나）的「하지만（但是）」所開頭的句子是針對（가）所做的轉折，而（다）的「그런데（然而）」又是針對（나）的內容所做的敘述。

58. (3 점)

（3分）

（가）그래서 요즘 건강도 많이 좋아졌습니다.

（나）제가 일하는 사무실은 우리 건물 8층에 있습니다.

（다）항상 걸어서 올라가니까 운동을 할 수 있어서 좋습니다.

（라）저는 8층까지 엘리베이터를 타지 않고 계단으로 걸어갑니다.

① （나）－（다）－（라）－（가）
❷ （나）－（라）－（다）－（가）
③ （나）－（라）－（가）－（다）
④ （나）－（가）－（라）－（다）

（가）所以最近也變得健康了。

（나）我工作的辦公室在這棟建築物的8樓。

（다）我總是用走的上來也可當運動感覺很好。

（라）我到8樓不搭電梯而是爬樓梯。

① （나）－（다）－（라）－（가）
② （나）－（라）－（다）－（가）
③ （나）－（라）－（가）－（다）
④ （나）－（가）－（라）－（다）

| 解題 |

▶ 本題的主題，也就是第1個句子，最有可能是（나）和（라），但很明顯地（나）和（라）兩項是前後的關係，而（가）則是全文的結果，因此答案是選項②。

題組 II：填空選擇＋文章理解

| 題型攻略 |

　　閱讀題不同於語彙文法題，最重要的是掌握其要點，也就是這篇文章在說什麼，而不是去深究哪一個文法學過、哪一個單字不懂，當然也不能受限於某個文法或單字而影響解題進度，一般在做閱讀題時，除了需在有限的時間內閱讀本文之外，應先了解整個文章的要點，同時再由選項的內容，回溯對照是否與本文相符，這樣答題的話，既可雙重確認，同時也更有效率。

※ [59～60] 다음을 읽고 물음에 답하십시오 .

[59 ～ 60] 請讀完下文並回答問題。

지난 주말에 우리 가족은 강릉으로 여행을 갔습니다 . （ ㉠ ） 강릉에서 바다 관광 기차를 탔습니다 . （ ㉡ ） 그 기차는 의자의 방향이 다른 기차와 달랐습니다 . （ ㉢ ） 그리고 창문이 다른 기차보다 더 크고 넓었습니다 . （ ㉣ ） 그래서 아름다운 동해 바다의 경치를 잘 구경할 수 있었습니다 .

上週末我們一家人去江陵旅行。（㉠）從江陵搭乘海洋觀光火車。（㉡）那種火車椅子的方向和其他火車不同。（㉢）還有窗戶比其他火車的窗戶更大更寬。（㉣）所以能好好欣賞美麗的東海海洋風景。

59. 다음 문장이 들어갈 곳을 고르십시오. (2점)

> 의자에 앉으면 창문 밖을 편하게 볼 수 있었습니다.

① ㉠
② ㉡
③ ㉢
❹ ㉣

60. 이 글의 내용과 같은 것을 고르십시오. (3점)

① 바다 관광 기차의 의자는 넓고 편합니다.
② 바다 관광 기차를 타고 강릉에 갔습니다.
③ 바다 관광 기차는 다른 기차보다 더 컸습니다.
❹ 바다 관광 기차에서 경치를 잘 볼 수 있습니다.

59. 請選出下列句子應填入的地方。（2分）

> 坐在椅子上的話可以很舒服地看窗外。

① ㉠
② ㉡
③ ㉢
④ ㉣

60. 請選出和本文內容相同的選項。（3分）

① 海洋觀光火車的椅子寬敞又舒服。
② 搭乘海洋觀光火車前往江陵。
③ 海洋觀光火車比其他火車更大。
④ 在海洋觀光火車可以好好地看風景。

| 解題 59 |
▶ 有關「의자（椅子）」的所有敘述應該在「그래서…（所以…）」之前，因此可推斷為 ㉣的位置。

| 解題 60 |
▶ 唯有選項④與文章內容相同，其他選項①②③皆與本文不符。

※ [61~62] 다음을 읽고 물음에 답하십시오. (각 2 점)

[61 ~ 62] 請讀完下文並回答問題。（每題 2 分）

겨울이 되면 지리산에는 눈이 와서 경치가 매우 아름답습니다. 사람들은 겨울에 이 경치를 보려고 지리산에 갑니다. 지리산에는 곰이 살고 있는데 곰들은 겨울이 되면 아무것도 먹지 않고 겨울잠을 잡니다. 가끔 등산하는 사람들이 큰 소리를 내면 곰이 (   ) 깰 수 있습니다. 곰이 스트레스를 받으면 사람을 다치게 할 수도 있으니까 조심해야 합니다.

冬天智異山下雪的景致非常美麗。想在冬天看到這景致，人們便會去智異山。雖然智異山有熊，但冬天熊並不吃東西且會冬眠。有時候若爬山的人發出大的聲響，熊會（   ）而醒來。熊受到刺激的話可能會傷人，要小心。

61. (   )에 들어갈 알맞은 말을 고르십시오.

❶ 놀라서
② 다쳐서
③ 나가서
④ 뛰어서

61. 請選出適合填入（   ）內的話。

① 嚇到
② 受傷
③ 走出去
④ 跑

62. 이 글의 내용과 같은 것을 고르십시오.

① 겨울에 등산할 때 다치는 사람들이 많습니다.
② 곰은 겨울잠을 자기 전에 스트레스를 받습니다.
❸ 곰은 겨울잠을 자는 동안 아무것도 먹지 않습니다.
④ 겨울이 되면 사람들은 곰을 보려고 지리산에 갑니다.

62. 請選出和本文內容相同的選項。

① 冬天登山時，受傷的人很多。

② 熊冬眠前會受到壓力。

③ 熊在冬眠期間什麼都不吃。

④ 到了冬天人們想看熊而去智異山。

| 解題 61 |

▶ 本題中，像「지리산（智異山）」這樣的名詞，也許對考生來說很陌生，但答題時不見得需要知道它的中文翻譯或相關知識，因為考試考的並非中文翻譯。重要的是，它位在「에（는）」之前，「에（는）」是一個**處所格助詞**，表達前面所接的是一個**地點**；另外，由於有括號的句子前有「사람들이 큰 소리를 내면…（人發出大的聲響…）」這樣的前提，所以可以推測括號內要填入的是「놀라서（놀라다（驚嚇））」，也就是「놀라서 깨다（嚇醒）」的意思。

▶ 韓語常用片語：놀라서＋動詞　嚇得……

▶ 各位平常應以「片語單位」來學習，這樣更能接近韓國人講母語的習慣，同時韓語學起來也更能事半功倍。

※ [63～64] 다음을 읽고 물음에 답하십시오.
[63 ～ 64] 請讀完下文並回答問題

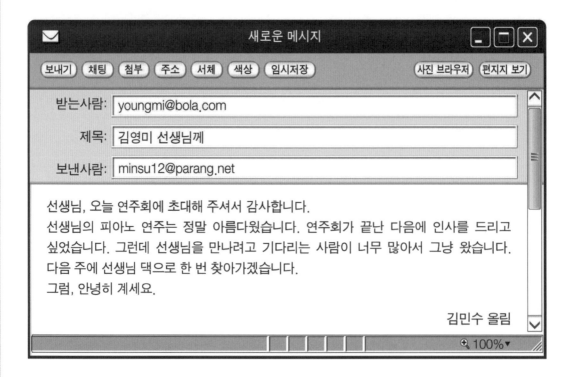

　　感謝老師今日演奏會的邀請。老師的鋼琴演奏真的很優美。演奏會結束後本想向您打聲招呼，但等著見您的人實在太多我就先回來了。下週會找時間到老師家拜訪。祝好。

金民秀敬上

63. 민수 씨는 왜 이 글을 썼습니까? (2점)

❶ 연주회 초대에 감사해서
② 연주회에 오신 손님에게 감사해서
③ 선생님을 연주회에 초대하고 싶어서
④ 선생님과 만날 시간을 물어 보고 싶어서

63. 民秀為什麼寫了這篇文章？
（2分）

① 因為感謝演奏會的邀請
② 因為感謝來演奏會的客人
③ 因為想邀請老師參加演奏會
④ 因為想問和老師見面的時間

64. 이 글의 내용과 같은 것을 고르십시오. (3점)

❶ 선생님이 연주회에서 직접 피아노를 쳤습니다.
② 민수 씨는 사람이 많아서 연주회를 못 봤습니다.
③ 선생님은 다음 주에 다시 연주회를 하려고 합니다.
④ 민수 씨는 연주회 전에 선생님을 만나고 싶었습니다.

64. 請選出和本文內容相同的選項。
（3分）

① 老師在演奏會上親自彈鋼琴。
② 民秀因為人太多而沒看到演奏會。
③ 老師下週要再辦演奏會。
④ 民秀在演奏會前想和老師見面。

| 解題 63 |

▶ 這是書信題，有可能以書信或是卡片的形式出現，考生需要掌握的是寫信的人**為什麼**寫這封信，而留言、寫信的人有何要求，或往後會有何種事情與計畫。由於書信內容有別於一般文章，普遍較為精簡，傳達的內容也會比較明確。

▶ 像這一題答案很明確地就能從電子郵件的第一句話來推斷。

| 解題 64 |

▶ 從信件內容的「선생님의 피아노 연주는 정말 아름다웠습니다（老師的鋼琴演奏真的很優美）」，可推斷出「선생님이 연주회에서 직접 피아노를 쳤습니다（老師在演奏會上親自彈鋼琴）」。

※ **[65~66] 다음을 읽고 물음에 답하십시오 .**

[65 ~ 66] 請讀完下文並回答問題。

우리 몸에서 온도가 제일 낮은 곳은 어디일까요 ? 그곳은 바로 귀입니다 . 그렇기 때문에 사람들은 뜨거운 물건을 만지고 바로 귀를 만집니다 . 또 겨울에 밖에 나가면 귀가 가장 빨리 빨개집니다 . 그래서 추운 겨울을 따뜻하게 보내기 위해서는 (㉠) 해야 합니다 . 우리의 몸에서 가장 차가운 곳이 따뜻해지면 덜 춥게 느끼기 때문입니다 .

我們身體溫度最低的部位是哪裡呢？那就是耳朵。因此人們摸到燙的東西時馬上會摸耳朵。還有冬天到外面去的話，耳朵最快變紅。所以為了溫暖地度過寒冬，應該要 (㉠)。因為我們身上最涼的部位變溫暖的話，就感覺不那麼冷了。

65. (㉠) 에 들어갈 알맞은 말을 고르십시오 . (2 점)

① 몸을 뜨겁게
② 온도를 낮게
❸ 귀를 따뜻하게
④ 두 손을 차갑게

65. 請選出適合填入 (㉠) 內的話。（2分）

① 使身體熱
② 使溫度低
③ 使耳朵熱
④ 使雙手涼

66. 이 글의 내용과 같은 것을 고르십시오 . (3 점)

① 손으로 귀를 만지면 따뜻해집니다 .
❷ 사람들은 손이 뜨거우면 귀를 만집니다 .
③ 우리의 손은 몸에서 가장 차가운 곳입니다 .
④ 추울 때 귀는 제일 마지막에 빨갛게 됩니다 .

66. 請選出和本文內容相同的選項。（3分）

① 用手摸耳朵的話會變熱。
② 人們手燙的話會摸耳朵。
③ 我們的手是身上最涼的部位。
④ 冷的時候，耳朵是最後變紅的。

| 解題 65 |

▶ 重要文法型態：形容詞＋게　使……變得

| 解題 66 |

▶ 關鍵語彙：

따뜻하다 溫暖，與「 -여지다（變得……）」結合 →「따뜻해집니다（變得溫暖）」
뜨겁다 燙，與「 - (으) 면（……的話）」結合 →「뜨거우면（燙的話）」
차갑다 冰冷，與「곳（地方）」結合 →「차가운 곳（冰冷的地方）」

ㅂ不規則變化，請參閱【單字格子趣：動詞、形容詞全方位應用】

※ **[67～68] 다음을 읽고 물음에 답하십시오 . (각 3 점)**

[67 ～ 68] 請讀完下文並回答問題。（每題 3 分）

요즘 가구를 만들어서 사용하는 사람들이 많습니다 . 가구를 사지 않고 (㉠) 만들면 가격이 훨씬 쌉니다 . 또 자기 집에 딱 맞는 가구를 만들 수 있어서 좋습니다 . 우리 가족들도 필요한 가구가 있으면 함께 만들어서 사용합니다 . 이번 주말에는 아이 방에 놓을 책장을 (㉡).

最近有很多人自己製作家具來使用。不買家具（ ㉠ ）製作的話，價格便宜很多。再加上能製作完全適合自己家的家具更好。我們家的人如果有需要的家具，也會一起做來使用。這個週末（ ㉡ ）放在小孩房間內的書桌。

67. ㉠에 알맞은 것을 고르십시오 .

① 먼저
② 금방
❸ 직접
④ 계속

67. 請選出適合填入㉠內的話。

① 最先
② 馬上
③ 親自
④ 繼續

68. ㉡에 알맞은 것을 고르십시오 .

① 만들어도 됩니다
② 만든 것 같습니다
❸ 만들기로 했습니다
④ 만든 적이 없습니다

68. 請選出適合填入㉡內的話。

① 也可以做
② 好像要做
③ 決定來做
④ 未曾做過

| 解題 68 |

▶ 韓語重要文法：動詞＋기로 하다 説話者已決定的事情

▶ 這一題有關文法的運用，從語意上來看唯一合乎前後關係的選項為③。「動詞＋**기로 하다**」由於是説話者已決定的事情，所以「**하다**」會是以「**했다、했어요、했습니다**」等**過去式**形式出現。

📁 副詞的使用請參閱【文法格子趣：韓語副詞】

※ [69~70] 다음을 읽고 물음에 답하십시오. (각 3 점)

[69 ～ 70] 請讀完下文並回答問題。（每題 3 分）

어렸을 때 우리 부모님은 일 때문에 나를 (㉠) 시간이 없으셨습니다. 그래서 시골에 계신 할머니께서 저를 키워주셨습니다. 어느날 밤, 나는 배가 너무 아팠습니다. 시간이 늦어서 병원에 갈 수도 없었습니다. 그때 할머니께서 내 배를 만져 주셨습니다. 한참 동안 할머니가 배를 만지니까 배가 아프지 않았습니다. 할머니의 손은 약손이었습니다.

小時候父母因為工作沒有時間（ ㉠ ）我。所以是鄉下的奶奶在照顧我。有一天晚上，我肚子非常痛。因為時間很晚無法去醫院。那時，奶奶摸著我的肚子。奶奶一直摸著我的肚子結果就不痛了。奶奶的手是「藥手」。

69. (㉠) 에 들어갈 알맞은 말을 고르십시오.

❶ 키울
② 부를
③ 혼낼
④ 보낼

69. 請選出適合填入（ ㉠ ）內的話。

① 照顧
② 叫
③ 教訓
④ 寄送

70. 이 글의 내용으로 알 수 있는 것은 무엇입니까?

① 우리 할머니는 항상 바쁘셨습니다.
② 우리 부모님은 일찍 돌아가셨습니다.
③ 나는 밤늦게 병원에 가는 것을 싫어했습니다.
❹ 내가 아플 때 할머니가 나를 낫게 해 주셨습니다.

70. 根據這篇文章內容可以得知什麼？

① 我奶奶總是很忙。
② 我父母很早過世了。
③ 我討厭很晚去醫院。

④ 我不舒服時，奶奶讓我好起來。

| 解題 69 |

▶ 關鍵語彙：키우다 照顧、養育；부르다 叫、唱；혼내다 責備；보내다 送

▶ 韓語常見句型：動詞＋ㄹ 시간（將／會去）做…的時間

　　　　　　例「키우다（照顧）＋ㄹ 시간」→「키울 시간（照顧的時間）」

| 解題 70 |

▶ 「약손（藥＋손）」是指不吃藥，由手按摩觸摸而治好病情的行為，一般韓國人通常是指母親或奶奶邊哼著歌曲，邊幫子女按摩。

한국어능력시험
(실전 모의고사 1)

한국어능력시험 I
(초급)

 實戰模擬試卷 1

듣기 , 읽기

접수번호 (Application No.)		
이 름 (Name)	한국어 (Korean)	
	영 어 (English)	

유 의 사 항

Information

1. 시험 시작 지시가 있을 때까지 문제를 풀지 마십시오.

   Do not open the booklet until you are allowed to start.

2. 접수번호와 이름은 정확하게 적어 주십시오.

   Write your name and application number on the answer sheet.

3. 답안지를 구기거나 훼손하지 마십시오.

   Do not fold the answer sheet; keep it clean.

4. 답안지의 이름, 접수번호 및 정답의 기입은 컴퓨터용 펜을 사용하여 주십시오.

   Use the optical mark reader (OMR) pen only.

5. 정답은 답안지에 정확하게 표시하여 주십시오.

   Mark your answer accurately and clearly on the answer sheet.

   marking example ① ❷ ③ ④

6. 문제를 읽을 때에는 소리가 나지 않도록 하십시오.

   Keep quiet while answering the questions.

7. 질문이 있을 때에는 손을 들고 감독관이 올 때까지 기다려 주십시오.

   When you have any questions, please raise your hand

※ [1～4] 다음을 듣고 〈 보기 〉 와 같이 물음에 맞는 대답을 고르십시오 . (각 3 점)

───── 〈 보 기 〉 ─────

가 : 식사를 해요 ?

나 : _____

❶ 네 , 식사를 해요 .   ② 아니요 , 식사해요 .

③ 네 , 식사가 아니에요 .   ④ 아니요 , 식사를 좋아해요 .

1. ① 이게 커피예요 .   ② 글쎄요 , 커피 마셔요 .
    ③ 아니요 , 커피를 마셔요 .   ④ 아니요 , 커피가 아니에요 .

2. ① 네 , 회사예요 .   ② 아니요 , 회사에 없었어요 .
    ③ 아니요 , 회사에 안 가요 .   ④ 네 , 회사에 없어요 .

3. ① 조금 기다렸어요 .   ② 친구를 기다려요 .
    ③ 백화점에서 기다려요 .   ④ 오빠가 기다렸어요 .

4. ① 일이 있어요 .   ② 내일 봤어요 .
    ③ 오늘 끝나요 .   ④ 내일 볼 거예요 .

※ [5~6] 다음을 듣고 〈보기〉와 같이 다음 말에 이어지는 것을 고르십시오.
  (각 3 점)

―――――――― 〈 보 기 〉 ――――――――

가 : 안녕히 가세요 .

나 : _____

① 네 , 좋아요 .   ② 네 , 고마워요 .

③ 네 , 안녕하세요 ?   ❹ 안녕히 계세요 .

5. ① 네 , 죄송합니다 .   ② 네 , 명동역이 없습니다 .
   ③ 아니요 , 여기는 신촌입니다 .   ④ 아니요 , 맞습니다 .

6. ① 아니요 , 말씀하세요 .   ② 네 , 좋아요 .
   ③ 네 , 그래요 .   ④ 아니에요 . 괜찮아요 .

※ [7~10] 여기는 어디입니까 ? 〈보기〉와 같이 알맞은 것을 고르십시오 . (각
  3 점)

―――――――― 〈 보 기 〉 ――――――――

가 : 어디가 아프세요 ?

나 : 배가 아파요 .

① 가게   ② 빵집   ❸ 병원   ④ 시장

7. ① 식당   ② 슈퍼마켓   ③ 커피숍   ④ 옷가게

8. ① 공항   ② 서점   ③ 우체국   ④ 영화관

9. ① 미용실 　　　② 식당 　　　③ 백화점 　　　④ 가게

10. ① 약국 　　　② 은행 　　　③ 버스정류장 　　　④ 지하철역

※ [11~14] 다음은 무엇에 대해 말하고 있습니까? 〈보기〉와 같이 알맞은 것을 고르십시오. (각 3점)

─────〈보기〉─────

가 : 누구예요?
나 : 이 사람은 형이고, 이 사람은 동생이에요.
❶ 가족 　　　② 이름 　　　③ 고향 　　　④ 소포

11. ① 도시 　　　② 여행 　　　③ 시간 　　　④ 나라

12. ① 시간 　　　② 날씨 　　　③ 취미 　　　④ 계절

13. ① 친구 　　　② 고향 　　　③ 주소 　　　④ 약속

14. ① 호텔 　　　② 직업 　　　③ 값 　　　④ 식당

※ [15~16] 다음 대화를 듣고 알맞은 그림을 고르십시오. (각 3 점)

15.

①

②

③

④

16.

①

②

③

④

※ [17~21] 다음을 듣고 〈보기〉와 같이 대화 내용과 같은 것을 고르십시오.

〈보기〉

남자 : 요즘 한국어를 공부해요?

여자 : 네. 한국 친구한테서 한국어를 배워요.

① 남자는 학생입니다.　　　② 여자는 학교에 다닙니다.

③ 남자는 한국어를 가르칩니다.　❹ 여자는 한국어를 공부합니다.

---

17. (3점)

　① 여자는 어제 많이 아팠습니다.

　② 여자는 어제 수업에 안 왔습니다.

　③ 남자는 어제 병원에 갔습니다.

　④ 남자는 어제 수업에 왔습니다.

18. (3점)

　① 여자는 음식을 만들 줄 모릅니다.

　② 여자는 한국음식을 좋아합니다.

　③ 남자는 한국요리를 잘합니다.

　④ 남자는 한국요리를 할 줄 압니다.

19. (3점)

　① 남자는 집을 샀습니다.

　② 여자는 돈을 빌려줬습니다.

　③ 여자는 돈이 필요합니다.

　④ 남자는 돈을 갚을 겁니다.

20. (3점)

　① 남자는 지금 지하철을 탔습니다.

　② 여자는 천천히 옵니다.

　③ 남자는 약속 장소에 늦었습니다.

　④ 여자는 남자를 안 기다립니다.

21. (4 점)

① 남자는 요가가 어렵습니다.

② 여자는 지금 요가가 너무 쉽습니다.

③ 남자와 여자는 요가를 배울 겁니다.

④ 여자는 지금 건강이 좋습니다.

※ [22~24] 다음을 듣고 대화 내용과 같은 것을 고르십시오. (각 4 점)

22. ① 남자는 여자에게 우산을 줬습니다.

② 남자도 우산이 없습니다.

③ 여자는 남자에게 우산을 줬습니다.

④ 여자는 우산이 있습니다.

23. ① 여자는 지금 드라마를 구경하려고 합니다.

② 여자는 드라마를 보고 그 여행지를 알았습니다.

③ 남자는 그 여행지가 너무 비싸서 안 갔습니다.

④ 그 여행지는 인기가 많지만 좀 비쌉니다.

24. ① 여자는 지금 지하철을 탔습니다.

② 여자는 길이 막혀서 걱정합니다.

③ 여자는 약속을 취소할 겁니다.

④ 남자는 퇴근했습니다.

※ [25~26] 다음을 듣고 물음에 답하십시오. (각 4 점)

25. 어떤 이야기를 하고 있는지 고르십시오.

① 감사   ② 초대   ③ 안내   ④ 계획

26. 들은 내용과 같은 것을 고르십시오.
① 동물원 관람은 아침 일찍부터 오후 늦게까지 할 수 있습니다.
② 동물들은 사진을 찍을 수 없고 볼 수만 있습니다.
③ 동물들은 음식을 좋아해서 주면 됩니다.
④ 동물원에서는 시끄럽게 이야기하면 안 됩니다.

※ [27~28] 다음을 듣고 물음에 답하십시오. (각 4 점)

27. 두 사람이 무엇에 대해 이야기하고 있는지 고르십시오.
① 아이들 교육 문제   ② 방학 계획
③ 방학을 같이 보낼 사람   ④ 이번 방학 때 가고 싶은 곳

28. 들은 내용과 같은 것을 고르십시오.
① 남자는 방학 때 아이들 모임에 가려고 합니다.
② 여자는 놀이공원에서 방학을 보낼 겁니다.
③ 여자는 자연 체험 프로그램을 추천했습니다.
④ 남자는 가족들과 함께 안 복잡한 곳에 가려고 합니다.

※ [29~30] 다음을 듣고 물음에 답하십시오. (각 4점)

29. 여자는 왜 시골이 더 좋습니까?
　① 시내보다 조용해서
　② 시골은 공기가 좋아서
　③ 시내를 싫어해서
　④ 자동차로 다니고 싶어서

30. 들은 내용과 같은 것을 고르십시오.
　① 남자는 교통이 편리한 곳에서 살려고 합니다.
　② 남자는 집이 시골이라서 회사까지 멉니다.
　③ 여자는 시골로 이사하려고 합니다.
　④ 남자는 교통이 불편해서 시골이 싫습니다.

읽기 (31 번 ~70 번)

※ [31~33] 무엇에 대한 이야기입니까? 〈보기〉와 같이 알맞은 것을 고르십시오.

───── 〈보 기〉 ─────

덥습니다. 바다에서 수영합니다.

❶ 여름　　　② 날씨　　　③ 나이　　　④ 나라

31. (2 점)

아침에 산책을 합니다. 저녁에 집을 청소합니다.

① 계획　　　② 운동　　　③ 장소　　　④ 생활

32. (2 점)

저는 고향이 미국입니다. 지금 대학교에 다닙니다.

① 나라　　　② 날짜　　　③ 소개　　　④ 친구

33. (3 점)

저는 요리하는 것을 좋아합니다. 집에서 매일 요리합니다.

① 취미　　　② 여행　　　③ 약속　　　④ 시간

――――――――――― 〈보기〉―――――――――――

날씨가 좋습니다. (   ) 이 맑습니다.
① 눈   ② 밤   ❸ 하늘   ④ 구름

---

34. (2점)

저는 과일 가게 (   ) 과일을 삽니다.

① 과   ② 을   ③ 이   ④ 에서

35. (2점)

언니가 혼자 빨래를 합니다. 언니를 (   )

① 좋아합니다.   ② 도와줍니다.   ③ 싫어합니다.   ④ 소개합니다.

36. (2점)

어제 늦게 잤습니다. 그러나 오늘 (   ) 일어났습니다.

① 조금   ② 처음   ③ 일찍   ④ 벌써

37. (3점)

교통이 (   ). 그래서 지하철을 탑니다.

① 많습니다   ② 밝습니다   ③ 없습니다   ④ 복잡합니다

38. (3 점)

> 혼자서 일을 합니다 . 그래서 시간이 많이 (　　)

① 걸립니다 .　　② 있습니다 .　　③ 했습니다 .　　④ 복잡합니다 .

39. (2 점)

> 오늘은 새 회사에 (　　) 출근했습니다 . 그래서 긴장했습니다 .

① 자주　　　② 처음　　　③ 푹　　　④ 가끔

※ [40~42] 다음을 읽고 맞지 <u>않는</u> 것을 고르십시오 .

40. (3 점)

도서관에서 독서회원을 모집합니다.

기간 | 2014년 3월~ 12월
매주 화요일 16:00~17:00
대상 | 초등학생 5, 6학년 15명
장소 | 서울도서관 독서방
참가 | 2월 15일(토)~23일(일)
도서관 홈페이지 접수 후 자동 추첨

① 독서회원은 오후에 1 시간 동안 책을 읽습니다 .
② 3 월부터 12 월까지 매주 화요일에만 책을 읽습니다 .
③ 회원 신청은 도서관 홈페이지로 해야 합니다 .
④ 초등학생은 누구나 신청할 수 있습니다 .

41. (3 점)

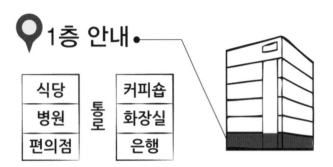

① 1 층에서 돈을 찾을 수 있습니다.
② 커피숍 앞에 식당이 있습니다.
③ 식당하고 편의점 사이에 병원이 있습니다.
④ 화장실 옆에 편의점이 있습니다.

42. (2 점)

수영 강습 안내

시간	대상	강습 횟수	수강료
06:00~07:00 07:00~08:00 19:00~20:00 20:00~21:00	성인	주3회	60,000
		주2회	40,000
	청소년	주3회	35,000
		주2회	24,000

① 수영 강습은 매일 있습니다.
② 성인이 청소년보다 수강료가 비쌉니다.
③ 점심 때에는 수영 강습이 없습니다.
④ 수영 강습은 한 시간 동안 합니다.

※ [43~45] 다음의 내용과 같은 것을 고르십시오. (각 3 점)

43.
> 내일은 동생 생일입니다. 그래서 케이크를 만들었습니다. 내일 케이크를 선물할 겁니다.

① 저는 케이크를 샀습니다.
② 동생이 나에게 케이크를 선물할 겁니다.
③ 동생의 생일은 다음 주입니다.
④ 저는 동생에게 케이크를 줄 겁니다.

44.
> 매월 1 일에 대학교 동창회가 있습니다. 그래서 일주일 전에 저는 친구들과 연락합니다. 그리고 식당도 예약해야 합니다.

① 매월 1 일에 친구들이 전화를 합니다.
② 동창회 모임은 식당에서 합니다.
③ 매일 1 일에 친구들에게 전화합니다.
④ 친구들이 일주일 전에 식당 예약을 합니다.

45.
> 저는 사진 찍는 것을 좋아합니다. 예쁜 곳이나 재미있는 일들을 사진으로 찍습니다. 사진을 찍으면 정말 행복합니다.

① 저는 예쁜 곳에서만 사진을 찍습니다.
② 저는 재미있는 일이 있을 때 즐겁습니다.
③ 사진은 저의 취미입니다.
④ 저는 행복할 때 사진을 찍습니다.

※ [46~48] 다음을 읽고 중심 생각을 고르십시오.

46. (3 점)

> 우리 가족들 중에서 한 사람만 수영을 못 합니다. 지난 여름에 가족들하고 바다 여행을 갔습니다. 가족들이 모두 수영했지만 저는 바다만 봤습니다.

① 저만 수영을 못 합니다.
② 저는 매일 수영을 배웁니다.
③ 여름에는 꼭 수영을 해야 합니다.
④ 저는 바다에서 수영을 안 합니다.

47. (3 점)

> 어제 식당에서 지갑을 잃어버렸습니다. 지갑 안에는 돈도 있지만 아주 중요한 신분증이 있습니다. 꼭 지갑을 찾고 싶습니다.

① 저는 어제 식당에 갔습니다.
② 저는 신분증이 제일 중요합니다.
③ 지갑 안에 돈이 있어서 중요합니다.
④ 저는 식당에서 지갑을 찾을 수 있습니다.

48. (2 점)

> 제 꿈은 영어를 가르치는 것입니다. 그래서 자주 영어로 미국 친구하고 이야기합니다. 그리고 미국 텔레비전 뉴스와 미국 드라마도 자주 봅니다.

① 저는 꿈이 영어선생님입니다.
② 저는 영어를 좋아합니다.
③ 저는 미국 친구하고 영어로 이야기하는 것을 좋아합니다.
④ 미국 드라마나 뉴스를 봐서 영어를 잘 합니다.

이곳에는 (㉠) 식당이 하나 있습니다. 여기에서는 피아노를 치거나 노래를 할 수도 있고 사진을 찍을 수도 있습니다. 음식을 먹으면서 친구들과 큰 소리로 이야기해도 됩니다. 그리고 커피나 주스를 직접 만들 수도 있습니다. 그래서 이 식당은 아이들부터 노인들까지 사랑을 많이 받습니다.

49. (㉠)에 들어갈 알맞은 말을 고르십시오.

① 바쁜   ② 음식이 비싼
③ 음식종류가 많은   ④ 인기가 많은

50. 이 글의 내용과 같은 것을 고르십시오.

① 어른들만 이 가게에 자주 갑니다.
② 이 가게에는 손님들이 할 수 있는 것들이 많습니다.
③ 요즘 식당들은 노래방도 있습니다.
④ 이 가게에 가면 커피와 주스를 팝니다.

實戰模擬試卷

※ **[51~52] 다음을 읽고 물음에 답하십시오. (각 2 점)**

이번달에 시작하는 '서울스포츠센터' 어린이 탁구 교실에서는 친절한 탁구선생님이 필요합니다. 어린이에게 탁구를 (㉠) 이 있으면 됩니다. 수업은 매주 두 번, 화요일과 금요일 오후에 있습니다. 관심이 있으신 분은 18일까지 신청 서류를 이메일로 보내십시오.

51. (㉠) 에 들어갈 알맞은 말을 고르십시오.

① 가르치고 싶은 마음　　② 치고 싶은 마음
③ 가르쳐 본 경험　　④ 가르치는 책

52. 무엇에 대한 이야기입니까? 알맞은 것을 고르십시오.

① 탁구를 배우는 방법　　② 친절한 아이들
③ 탁구 선생님 찾는 광고　　④ 탁구 수업 시간 안내

※ [53~54] 다음을 읽고 물음에 답하십시오.

> 서울시에서는 올해 추석 행사를 준비했습니다. 여기에 오시면 송편떡과 한과를 드실 수 있고 윷놀이 대회에도 참가할 수 있습니다. 윷놀이 대회에서 1등을 하신 분에게는 제주도 비행기 표를 드립니다. 그러니까 (   ) 부탁드립니다.

53. (   ) 에 알맞은 말을 고르십시오. (2점)

① 추석 때 다른 곳에 가지 마시기를
② 특히 아이들이 많이 오기를
③ 윷놀이 대회에 꼭 참가하기를
④ 많은 분들의 참가

54. 이 글의 내용과 같은 것을 고르십시오. (3점)

① 행사 참가자는 무료로 제주도 여행을 할 수 있습니다.
② 한국요리와 한과를 만들어 볼 수 있습니다.
③ 식사를 할 수 있어서 편리합니다.
④ 추석 행사를 다양하게 준비했습니다.

※ [55~56] 다음을 읽고 물음에 답하십시오.

　　설탕을 많이 먹으면 건강에 좋지 않습니다. (㉠) 요즘 주부들이 설탕이 많은 음식을 아이들에게 많이 주지 않으려고 합니다. 그러나 아이들은 생활에서 밥보다 아이스크림이나 초콜릿을 더 좋아해서 문제입니다. 우리 아이들에게 달지 않은 음식을 많이 줘서 건강하게 해야 합니다.

---

55. (㉠) 에 들어갈 알맞은 말을 고르십시오. (2 점)

① 그래서　　　　　　　　　　② 그리고

③ 그러나　　　　　　　　　　④ 그러면

56. 이 글의 내용과 같은 것을 고르십시오. (3 점)

① 아이들은 설탕보다는 아이스크림을 더 좋아합니다.
② 설탕은 건강에 좋지 않아서 많이 먹지 않아야 합니다.
③ 엄마들은 초콜릿하고 아이스크림을 싫어합니다.
④ 아이들에게 달지 않은 음식을 주는 것은 쉽습니다.

57. (2 점)

> (가) 보통 주말이나 퇴근 후에 운동을 합니다.
>
> (나) 그래서 오늘은 집에 있습니다.
>
> (다) 저는 운동하는 것을 좋아합니다.
>
> (라) 그러나 오늘은 비가 오고 바람이 많이 붑니다.

① (다) – (나) – (가) – (라)　　② (다) – (나) – (라) – (가)

③ (다) – (라) – (가) – (나)　　④ (다) – (가) – (라) – (나)

58. (3 점)

> (가) 왜냐하면 처음으로 아버지와 함께 여행했기 때문입니다.
>
> (나) 그래서 지금도 그때 여행을 생각하면 너무 행복합니다.
>
> (다) 우리는 여행에서 많은 이야기를 하면서 함께 웃었습니다.
>
> (라) 저는 5년 전의 그 여행을 잊을 수가 없습니다.

① (라) – (다) – (나) – (가)　　② (라) – (나) – (다) – (가)

③ (라) – (가) – (다) – (나)　　④ (라) – (가) – (나) – (다)

※ **[59~60] 다음을 읽고 물음에 답하십시오.**

저는 어제 친구하고 등산 갔습니다. (㉠) 그래서 우리는 사진을 많이 찍었습니다. (㉡) 그 다음에 식사를 맛있게 하고 산에서 내려왔습니다. (㉢) 산 밑에 도착했을 때 다리가 너무 아팠습니다. (㉣) 그래서 집에 돌아온 다음에 푹 쉬었습니다.

59. 다음 문장이 들어갈 곳을 고르십시오. (2 점)

그곳은 경치가 아름답고 꽃들이 예뻤습니다.

① ㉠   ② ㉡   ③ ㉢   ④ ㉣

60. 이 글의 내용과 같은 것을 고르십시오. (3 점)

① 등산할 때 친구하고 같이 사진만 찍었습니다.
② 등산하면 식사가 맛있습니다.
③ 등산한 후에 힘들어서 집에서 쉬었습니다.
④ 등산은 공기가 깨끗해서 기분이 좋습니다.

태권도는 세계 여러 나라 사람들에게 인기가 있습니다. 그럼 '태권도'의 의미는 무엇일까요? 여기서 '태'는 '발', '다리' 또는 '밟다'를, '권'은 '주먹', '싸움'을, '도'는 '방법', '규율'을 의미합니다. 즉 태권도는 모든 신체 부위를 잘 사용해서 싸움을 막고 평화를 유지하는 방법을 의미합니다. 특히 태권도는 신체, 정신, 생활의 조화가 중요합니다. 태권도를 할 때는 평화로운 마음을 유지하고 정신과 동작의 조화를 (   ), 이 조화를 일상생활에서도 유지해야 합니다.

61. (   ) 에 들어갈 알맞은 말을 고르십시오.

① 해야 하고

② 이뤄야 하고

③ 운동해야 하고

④ 가능해야 하고

62. 이 글의 내용과 같은 것을 고르십시오.

① 태권도를 할 때는 몸과 마음이 모두 중요합니다.

② 태권도를 할 때는 신체보다는 정신의 조화가 더 중요합니다.

③ 태권도를 하면 몸과 마음이 건강해집니다.

④ 태권도는 손, 발, 다리로 싸워서 인기가 많습니다.

※ [63~64] 다음을 읽고 물음에 답하십시오.

사랑하는 부모님께

45번째 결혼기념일을 축하드려요. 항상 힘들 때나 기쁠 때나 함께 계셔서 너무 행복했어요. 올해는 두 분에게 특별한 선물을 준비하고 싶었어요. 그래서 8박9일 제주도 여행티켓을 준비했어요. 저도 이제 다 컸어요. 그러니까 저는 걱정하지 마시고, 이번 여행에서 두 분 좋은 추억 많이 만드세요. 그리고 앞으로 계속 건강하세요.

- 경미 올림 -

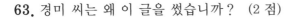

63. 경미 씨는 왜 이 글을 썼습니까? (2 점)

① 부모님 결혼식을 준비해 주고 싶어서
② 부모님과 함께 제주도 여행을 하고 싶어서
③ 부모님의 결혼기념일을 축하드리고 싶어서
④ 부모님께 결혼기념일 선물을 알려주고 싶어서

64. 이 글의 내용과 같은 것을 고르십시오. (3 점)

① 오늘 두 분은 45 번째 결혼식을 하셨습니다.
② 부모님 결혼식 준비하려고 경미 씨는 제주도 여행을 준비했습니다.
③ 부모님께서는 일주일 동안만 제주도에서 여행할 겁니다.
④ 부모님만 제주도 여행할 겁니다.

바른 독서습관으로 자신을 바꿀 수 있습니다. 다양한 책 속에서 많은 교훈과 감동을 얻을 수 있기 때문입니다. 그래서 자신의 인생이 달라질 수도 있습니다. 특히 성장기 어린이들에게 독서습관은 참 중요합니다. 그럼 어떻게 독서습관을 키워야 할까요? 먼저 부모님들이 아이들 앞에서 책을 읽거나 읽은 책에 대해서 같이 이야기하는 것이 좋습니다. 그래서 아이들이 (㉠) 만들어야 합니다.

65. (㉠)에 들어갈 알맞은 말을 고르십시오. (2점)

① 도서를 구입하게
② 독서를 중요하게
③ 독서를 좋아하게
④ 도서를 정리하게

66. 이 글의 내용과 같은 것을 고르십시오. (3점)

① 어린이들이 어른들보다 더 빨리 인생을 바꿀 수 있습니다.
② 바른 독서습관은 성장기 어린이들에게 아주 중요합니다.
③ 독서는 교훈과 감동을 주기 때문에 어른들에게 꼭 필요합니다.
④ 부모님들이 아이들과 책을 읽지 않으면 어린이들도 읽지 않습니다.

※ [67~68] 다음을 읽고 물음에 답하십시오. (각 3 점)

> 현재 인터넷은 정보의 바다입니다. 사람들은 인터넷으로 많은 정보들을 얻을 수 있습니다. 그러나 인터넷 사용이 (㉠) 좋은 것만은 아닙니다. 그중 하나가 바로 인터넷 게임입니다. 인터넷 게임은 쉽게 중독되고, 정신 건강에도 좋지 않기 때문입니다. 이제 사람들은 자신의 인터넷 사용에 관심을 (㉡)

67. ㉠에 알맞은 것을 고르십시오.

① 계속
② 언제나
③ 바로
④ 자주

68. ㉡에 알맞은 것을 고르십시오.

① 만들어야 합니다.
② 있어야 합니다.
③ 많아야 합니다.
④ 가져야 합니다.

운전을 할 때 졸려서 근처 주차장에 차를 세웠습니다. 그리고 잠깐 잠을 잤습니다. 그리고 눈을 (㉠) 때 창밖에 누군가 웃는 모습을 보고 깜짝 놀랐습니다. 젊은 여자가 차의 거울을 보면서 립스틱을 바르고 있었습니다. 그 모습을 보면서 저도 기분이 좋아졌습니다. 그동안 바쁘고 복잡한 생활 속에서 많이 웃지 못했습니다. 특별한 일이 없지만 가끔 웃는 것도 타인에게 즐거움을 줄 수 있을 것입니다.

69. (㉠) 에 들어갈 알맞은 말을 고르십시오.

① 뜰
② 뜨면서
③ 떴을
④ 뜨는

70. 이 글의 내용으로 알 수 있는 것은 무엇입니까?

① 웃는 모습은 타인에게 즐거움을 줄 수 있습니다.
② 립스틱을 바를 때 차의 거울을 보면 좋습니다.
③ 바쁘고 복잡할 때 꼭 웃어야 행복합니다.
④ 타인의 웃는 모습을 보면 깜짝 놀랄 수 있습니다.

實戰模擬試卷

4

單字格子趣

- ✓ 數詞
  - 數字與單位運用
  - 單位
  - 時間
  - 日／星期／月份
- ✓ 代名詞
- ✓ 敬語
- ✓ 動詞、形容詞全方位應用
  - 類義語＆反義語
  - 冠形詞形的應用
  - 不規則變化

數　詞

| 數字與單位運用 |

數字	漢字詞	純韓文	運用實例	
			漢字詞 + 量詞	純韓文 + 量詞
1	일	하나 (한)	일 월　　（一月） 일 과　　（一課）	한 살　　（一歲） 한 개　　（一個）
2	이	둘　 (두)	이 월　　（二月） 이 층　　（二樓）	두 살　　（兩歲） 두 번　　（兩次）
3	삼	셋　 (세)	삼 월　　（三月） 삼주일　（三星期）	세 살　　（三歲） 세 달　　（三個月）
4	사	넷　 (네)	사 월　　（四月） 사 년　　（四年）	네 살　　（四歲） 네 시　　（四點）
5	오	다섯	오 월　　（五月） 오 일　　（五日）	다섯 살　（五歲）
6	육	여섯	유 월　　（六月） 육 분　　（六分）	여섯 살　（六歲）
7	칠	일곱	칠 월　　（七月）	일곱 살　（七歲）
8	팔	여덟	팔 월　　（八月）	여덟 살　（八歲）
9	구	아홉	구 월　　（九月）	아홉 살　（九歲）
10	십	열	시 월　　（十月） 십 분　　（十分）	열 살　　（十歲）
11	십일	열하나 (열한)	십일 월　（十一月）	열한 살　（十一歲）
12	십이	열둘 (열두)	십이 월　（十二月）	열두 살　（十二歲）
13	십삼	열셋 (열세)		열세 살　（十三歲）
14	십사	열넷 (열네)		열네 살　（十四歲）
15	십오	열다섯		열다섯 살　（十五歲）
16	십육	열여섯		열여섯 살　（十六歲）
17	십칠	열일곱		열일곱 살　（十七歲）

18	십팔	열여덟		열여덟 살　（十八歲）
19	십구	열아홉		열아홉 살　（十九歲）
20	이십	스물 (스무)		스무 살　　（二十歲） 스무 권　　（二十本）
21	이십일	스물 하나		스물 한 살　（二十一歲） 스물 한 권　（二十一本）
22	이십이	스물 둘		스물 두 살　（二十二歲） 스물 두 권　（二十二本）
30	삼십	서른		서른 살　　（三十歲）
40	사십	마흔		마흔 살　　（四十歲）
50	오십	쉰		쉰 살　　　（五十歲）
60	육십	예순		예순 살　　（六十歲）
70	칠십	일흔		일흔 살　　（七十歲）
80	팔십	여든		여든 살　　（八十歲）
90	구십	아흔		아흔 살　　（九十歲）
100		백	백 원　　　（百元） 이백 원　　（兩百元）	
1000		천	천 원　　　（一千元） 이천 원　　（兩千元）	
10000		만	만 원　　　（一萬元） 이만 원　　（兩萬元）	
十萬		십만	십만 원　　（十萬元） 이십만 원　（二十萬元）	
百萬		백만	백만 원　　（一百萬元） 이백만 원　（兩百萬元）	
千萬		천만	천만 원　　（一千萬元） 이천만 원　（兩千萬元）	
億		억	일억 원　　（一億元） 이억 원　　（兩億元）	

| 單位 |

種類	數字	單位
꽃　　（花）		송이　　（朵）
연필　　（鉛筆）		자루　　（支）
엽서　　（明信片）		장　　（張）
양말　　（襪子）	한	켤레　　（雙）
음료수　　（飲料）	두	병　　（瓶）
커피　　（咖啡）	세 네	잔　　（杯）
옷　　（衣服）	다섯	벌　　（件）
나무　　（樹）	여섯	그루　　（棵）
책　　（書）	· · ·	권　　（本）
사람　　（人）		사람 / 명（名、位）
차　　（車）		대　　（台）
동물　　（動物）		마리　　（隻）

| 時間 |

純韓文數詞 + 시（時）	漢字詞 + 분（分）
한 시　　（一點）	일분　　（一分）
두 시　　（兩點）	이분　　（兩分）
세 시　　（三點）	삼분　　（三分）
네 시　　（四點）	사분　　（四分）
다섯 시　　（五點）	오분　　（五分）
여섯 시　　（六點）	육분　　（六分）
일곱 시　　（七點）	칠분　　（七分）
여덟 시　　（八點）	팔분　　（八分）
아홉 시　　（九點）	구분　　（九分）
열 시　　（十點）	십분　　（十分）
열한 시　　（十一點）	이십분　　（二十分）
열두 시　　（十二點）	삼십분 ＝ 반　　（三十分＝半）
	사십분　　（四十分）
	오십분　　（五十分）

| 日 / 星期 / 月份 |

星期		月份		日期	
星期一	월요일	1 月	일월	1 日	일일
星期二	화요일	2 月	이월	2 日	이일
星期三	수요일	3 月	삼월	3 日	삼일
星期四	목요일	4 月	사월	4 日	사일
星期五	금요일	5 月	오월	5 日	오일
星期六	토요일	6 月	유월	6 日	육일
星期日	일요일	7 月	칠월	7 日	칠일
		8 月	팔월	8 日	팔일
		9 月	구월	9 日	구일
		10 月	시월	10 日	십일
		11 月	십일월	11 日	십일일
		12 月	십이월	12 日	십이일
				13 日	십삼일
				14 日	십사일
				15 日	십오일
				16 日	십육일
				17 日	십칠일
				18 日	십팔일
				19 日	십구일
				20 日	이십일
				21 日	이십일일
				22 日	이십이일
				23 日	이십삼일
				24 日	이십사일
				25 日	이십오일
				26 日	이십육일
				27 日	이십칠일
				28 日	이십팔일
				29 日	이십구일
				30 日	삼십일
				31 日	삼십일일

▶ 星期可以用「漢字」這樣記！！
월요일〈月曜日〉
화요일〈火曜日〉
수요일〈水曜日〉
목요일〈木曜日〉
금요일〈金曜日〉
토요일〈土曜日〉
일요일〈日曜日〉

▶ 韓劇常常劃分成「월화드라마（月火劇）」「수목드라마（水木劇）」「금요드라마（週五劇）」「주말드라마（週末劇）」「일일드라마（日日劇）」就是根據播放的日子來決定的唷！

▶ 月份要特別注意「유월（六月）」「시월（十月）」的拼法哦！

單字格子趣

代名詞

分類		代名詞		＋助詞	縮寫形
疑問代名詞	人	누구	（誰）	를 가	누굴 누가
	場所	어디	（哪裡）	를	어딜
	事物	무엇	（什麼）	을 이	뭘 뭐가
	量	얼마	（多少）		
	量	몇	（幾）		
	時候	언제	（何時）		
	種類	어떤	（哪種）		
	性質	무슨	（什麼樣的）		
	選擇	어느	（哪一個）		
	理由	왜	（為什麼）		
指稱代名詞		이것	（這個）	을 이 은	이걸 이게 이건
		그것	（那個）	을 이 은	그걸 그게 그건
		저것	（那個）	을 이 은	저걸 저게 저건

敬語

敬語的表示方法		
主體尊敬法	即在動詞詞根、形容詞詞根、「이다」詞根後，時制語尾之前，加「ー（으）시」，表示對主體的尊敬。此時主格助詞「ー이/가」應變為表示尊敬的「ー께서」。但有些動詞、形容詞並不是透過在詞根後加「ー（으）시」，而是有相應的詞彙來表示尊敬。	

	一般		特殊敬語表示法
動詞	있다	（在）	계시다
	먹다	（吃）	드시다 / 잡수시다
	마시다	（喝）	드시다
	주다	（給）	드리다
	자다	（睡覺）	주무시다
	묻다	（問）	여쭈다、여쭙다
	죽다	（死）	돌아가시다
	말하다	（說）	말씀하시다
	데리다	（帶、領、陪）	모시다
	만나다	（見）	뵙다
形容詞	아프다	（生病、不舒服）	편찮으시다
名詞	밥	（飯）	진지
	생일	（生日）	생신
	이름	（姓名）	성함
	나이	（年齡）	연세
	집	（家）	댁
	말	（話）	말씀
	이	（牙齒）	치아
	아내	（妻子）	부인

動詞、形容詞全方位應用

| 類義語 **類** & 反義語 **反** |

單字	詞性	字義	例句
가깝다	形	近的	가까운 곳 近的地方 집이 가까워서 좋다 離家近，所以好
類 짧다 短的，친하다 親近的 **反** 멀다 遠的			
가난하다	形	貧困的	집안이 가난하다 家裡窮困
類 빈곤하다 貧困的，빈궁하다 貧窮的，궁하다 貧窮的，어렵다 困難的 **反** 부유하다 富裕的			
가다	動	去	학교에 가다 去學校
反 오다 來			
가르치다	動	教	기술을 가르치다 教導技術 국어를 가르치다 教國語
類 알리다 使…知道、告訴 **反** 배우다 學習，공부하다 念書			
가볍다	形	（重量）輕的	가벼운 짐 輕的行李
類 경하다 輕的，무게가 적다 重量少的 **反** 무겁다 （重量）重的			
같다	形	一樣的、 同樣的	생각이 같다 想法相同
反 다르다 不一樣的、不同的			
걱정하다	動	操心、擔心	걱정하지 마세요 請不要擔心
類 근심하다 擔心，염려하다 擔心，마음을 쓰다 操心，신경을 쓰다 操心、憂慮， 애를 태우다 操心			
건강하다	形	健康的	건강한 몸 健康的身體 심신이 건강하다 身心健康
類 튼튼하다 結實的，건전하다 健全的，편안하다 舒服的 **反** 병에 걸리다 生病，병이 나다 生病			
고르다	動	挑、挑選	사과를 고르다 挑蘋果
類 선택하다 選擇			

고생하다	動	辛苦	한평생을 고생했다 苦了一輩子
類 수고하다 辛苦 反 복을 누리다 享福			
고치다	動	修理、改正	시계를 고치다 修理時鐘 구두를 고치다 修理鞋子
類 수리하다 修理			
고프다	形	餓的	배가 고프다 肚子餓
類 시장하다 餓的 反 부르다 飽的			
공부하다	動	學習、念書	열심히 공부하다 認真念書
類 배우다 學，학습하다 學習			
괜찮다	形	還可以； 沒關係	그의 성적은 괜찮다 他的成績不錯 늦어도 괜찮다 遲到也沒關係
類 나쁘지 않다 不差，되다 可以			
구하다	動	徵求、找	일자리를 구하다 找工作
類 찾다 尋找			
궁금하다	形	想知道、 好奇的	시험 결과가 궁금하다 想知道考試結果
類 알고 싶다 想知道			
귀엽다	形	可愛的	귀여운 얼굴 可愛的臉 귀여운 짓 可愛的行為
類 사랑스럽다 可愛的，예쁘다 漂亮的，곱다 漂亮的			
그립다	形	想念	그리운 사람 思念的人
類 보고 싶다 想念、想見			
그만두다	動	放棄	비가 와서 등산을 그만두다 因為下雨而放棄爬山
類 정지하다 靜止，멈추다 停止			
기쁘다	形	高興的	기쁜 소식 高興的消息 기쁜 얼굴 高興的臉
類 즐겁다 開心的 反 슬프다 難過的			
기억하다	動	記得	똑똑히 기억하다 記得清楚
類 명심하다 牢記，새기다 銘記 反 잊어버리다 忘掉			

길다	形	長的	연설이 너무 길다 演講太長
類 짧다 短的			
길이 막히다	動	塞車	길이 막혀서 늦었어요 因為塞車，所以遲到了
類 교통이 복잡하다 / 혼잡하다 交通紊亂			
깊다	形	深的	깊은 강 很深的江 물이 깊다 水很深 깊은 물 深水
反 얕다 淺的			
까맣다	形	黑的	까만 눈 黑色的眼睛
類 검다 黑的，어둡다 暗的，캄캄하다 漆黑的 反 하얗다 白的，희다 白的，밝다 明亮的，맑다 晴朗的			
깎다	動	削；殺價	사과를 깎다 削蘋果 연필을 깎다 削鉛筆 박달나무를 깎아서 팽이를 만들었다 削檀木做了陀螺
類 각삭하다 削			
깨끗하다	形	乾淨的	깨끗한 옷 乾淨的衣服 깨끗하게 씻다 洗得乾淨
類 건정하다 乾淨俐落的，맑다 清新的 反 더럽다 髒的			
끝내다	動	結束、完成	이 일은 내일까지 끝내야 한다 這件事明天內要完成
類 마치다 結束，완성하다 完成			
나쁘다	形	壞的	질이 나쁘다 質地不好 버릇이 나쁘다 習慣不好 나쁜 날씨 壞天氣
類 좋지 못하다 不好			
낫다	形	好的	백 번 듣는 것보다 한 번 보는 것이 낫다 百聞不如一見
類 좋다 好的			
낮다	形	低的	소리가 낮다 聲音低 기온이 낮다 氣溫低 성적이 낮다 成績低
反 높다 高的			
내리다	動	下（車、船、飛機）	기차에서 내리다 下火車 눈이 내리다 下雪 손을 내리다 把手放下
反 타다 上（車、船、飛機）			

넓다	形	寬的	넓은 들 寬廣的原野 넓은 바다 寬闊的海洋 넓은 길 寬廣的路
反 좁다 窄的			
넣다	動	放入	커피에 설탕을 넣었어요 在咖啡裡加糖 통장에 돈을 넣었어요 把錢存到帳戶裡
反 꺼내다 拿出來			
높다	形	高的	온도가 높다 溫度高 연세가 높다 年紀大 하늘이 높다 天空很高
反 낮다 低的			
놓다	動	放、擱置	화분을 식탁 위에 놓다 把花盆放在餐桌上 손을 놓다 放手 마음을 놓다 放心
類 두다 放下、擱置			
느리다	形	慢的	자동차가 느리게 간다 車子跑得慢 속도가 느리다 速度慢
反 빠르다 快的			
늘다	動	增加；進步	체중이 늘었어요 體重變重了 한국어가 늘었어요 韓語進步了
類 증가하다 增加			
늦다	形	晚的、遲的	시간이 너무 늦었다 時間太晚了 길이 막혀 회사에 늦다 因為塞車而晚到公司
類 지각하다 遲到 反 이르다 早的；提前			
다녀오다	動	回來	집에 다녀오다 回到家
類 돌아오다 回來			
다니다	動	來往	회사에 다녀요 上班
類 출퇴근하다 上、下班			
다르다	形	不同	크기가 다르다 大小不一樣
類 유별하다 不一樣的 反 같다 一樣的			
다리다	動	燙、燙平	옷을 다리다 燙衣服

닫다	動	關閉	문을 닫다 關門
反 열다 打開			
달다	形	甜的	초콜릿이 달다 巧克力很甜 사과가 달다 蘋果很甜
反 쓰다 苦的			
달리다	動	使…跑	기차역에서 멀리서 달려오는 기차 소리가 들린다. 在火車站聽到火車從遠方開來的聲音。
類 뛰다 跑；跳			
더럽다	形	髒的	손이 더럽다 手很髒 더러운 옷 髒衣服
反 깨끗하다 乾淨的			
덥다	形	熱的	날씨가 덥다 天氣很熱 방이 덥다 房間很熱
反 춥다 冷的			
도착하다	動	到達	대만에 도착하다 抵達台灣
類 이르다 抵達 反 출발하다 出發，떠나다 離開			
돌보다	動	照顧	어린애를 돌보다 顧小孩 환자를 돌보다 照顧病人
類 보살피다 照顧			
돕다	動	幫助	친구를 도와주다 幫助朋友
類 구원하다 救援 反 방해하다 妨礙			
두껍다	形	厚的	두꺼운 옷 厚衣服
類 두텁다 厚的 反 얇다 薄的			
두다	動	放下、擱置	가방을 책상 위에 두다 把包包放在書桌上
類 놓다 放、擱置			
둔하다	形	笨的、遲鈍的	머리가 둔해서 공부를 못하다 腦袋不好，念不了書
類 어리석다 愚蠢的，멍청하다 愚蠢的，우둔하다 愚鈍的，미련하다 愚蠢的，바보 같다 傻瓜般的 反 똑똑하다 聰明的，총명하다 聰明的，영리하다 伶俐的，영민하다 靈敏的			
따뜻하다	形	暖和的	따뜻한 봄날 溫暖的春日 날씨가 따뜻하다 天氣溫暖
類 온난하다 溫暖的 反 춥다 冷的，쌀쌀하다 冷颼颼的，차다 冷的			

똑같다	形	完全一樣的	내 생각과 똑같다 和我的想法完全相同

類 마찬가지다 一樣, 서로 같다 彼此相同, 다름없다 無異的, 차이가 없다 沒有差異
反 다르다 不同的, 이상하다 不同的, 특별하다 特別的

뚱뚱하다	形	胖的	단 것을 너무 많이 먹어서 몸이 뚱뚱하다 吃太多甜的, 身材很胖

類 살찌다 增胖
反 날씬하다 苗條的, 마르다 瘦瘠的

뛰어나다	形	傑出的、 優秀的	학생 중 그가 특히 뛰어나다 學生中, 他尤其出色

類 훌륭하다 優秀的

많다	形	多的	사람이 많다 人多 돈이 많다 錢多 경험이 많다 經驗多 어려움이 많다 困難多

反 적다 少的

말하다	動	說	사실대로 말해요 從實招來

類 이야기하다 說話, 얘기하다 說話

맛없다	形	不好吃的	맛없는 음식 不好吃的食物

反 맛있다 好吃的

맛있다	形	好吃的	맛있는 음식 好吃的食物

反 맛없다 不好吃的

맞다	動	對	답이 맞다 答案正確

類 옳다 正確的, 정확하다 正確的
反 틀리다 錯、不對

멀다	形	遠的、漫長的	먼 곳 遠方 먼 길 遠道 말소리가 멀다 聲音微弱

類 길다 長的, 지루하다 漫長、冗長
反 가깝다 近的, 짧다 短的

멋있다	形	帥的	멋있는 남자 帥氣的男人 옷차림이 멋있다 穿著有型

類 쿨 (cool) 하다 酷的, 잘생겼다 長得好看, 매력 있다 有魅力
反 못생기다 長得不好看

모자라다	動	不足	돈이 모자라다 錢不夠 실력이 모자라다 實力不足

類 부족하다 不足的
反 충분하다 充分的

무겁다	形	重的	무거운 짐 沈重的行李 머리가 무겁다 頭很重

反 가볍다 輕的

무섭다	形	害怕的、 可怕的	무서운 생각 可怕的想法 무서운 호랑이 可怕的老虎

類 두렵다 害怕的，불안하다 不安的
反 마음을 놓다 放心，안심하다 安心的

미안하다	形	對不起、抱歉	수고를 끼쳐 미안하다 對不起，勞煩您了 기다리게 해서 미안하다 對不起，讓您久等了

類 죄송하다 抱歉
反 괜찮다 沒關係

바꾸다	動	改變	모양을 바꾸다 改變模樣

類 고치다 改正，변화하다 變化

바쁘다	形	忙的	바쁜 일손 忙碌的工作 눈코 뜰 새 없이 바쁘다 忙得不可開交

類 시간이 없다 沒時間
反 한가하다 閒適的

반갑다	形	高興的	이렇게 만나서 반갑습니다 很高興能這樣見面

類 기쁘다 開心的，흐뭇하다 心裡高興的
反 슬프다 難過的

받다	動	收到	선물을 받다 收到禮物

類 얻다 得到，당하다 遭受
反 주다 給

발견하다	動	發現	잘못을 발견했다 發現錯誤

類 느끼다 感覺，깨닫다 領悟

밝다	形	明亮的	이 집은 아주 넓고 밝다 這房子很寬敞又明亮

類 빛나다 發光，환하다 明亮的，양명하다 明亮的
反 어둡다 暗的，깜깜하다 漆黑的

버리다	動	扔掉、丟掉	쓰레기를 버리다 丟垃圾

類 포기하다 放棄

보내다	動	寄	편지를 보내다 寄信

類 부치다 寄，배달하다 宅配

복잡하다	形	複雜的； 擁擠的	복잡한 사건 複雜的事件 문제가 복잡하다 問題複雜

類 어렵다 困難的
反 간단하다 簡單的，단순하다 單純的

부끄럽다	形	害羞的	여러 사람 앞에서 칭찬을 들으니 매우 부끄럽다 在許多人面前被稱讚，很害羞

類 창피하다 丟臉的
反 자연스럽다 自然的，대범하다 大方的

부럽다	形	羨慕的	그의 아름다운 목소리가 몹시 부럽다 好羨慕他美麗的聲音

類 선망하다 羨慕

부지런하다	形	勤快的	부지런한 농부 勤勞的農夫

類 꾸준하다 勤奮的
反 게으르다 懶惰的

부탁하다	動	拜託	친지에게 취직을 부탁하다 向親友拜託找工作

類 맡기다 交付，의뢰하다 委託

불편하다	形	不方便的； 不舒服的	불편한 교통 不方便的交通 행동이 불편하다 行動不便

類 괴롭다 難受的，편찮다 不舒服的
反 편리하다 便利的，편하다 方便的

비다	形	空的	주머니가 비었다 口袋空了 집이 비다 房子是空的

類 속에 아무 것도 없다 肚子裡（內在）什麼都沒有，공허하다 空虛的，내용이 없다 沒有內容
反 차다 滿的

비슷하다	形	相似的	그 둘은 키가 비슷하다 他們倆身高差不多

類 거의 같다 幾乎一樣，닮다 像，유사하다 類似的
反 다르다 不同的

비싸다	形	貴的	값이 비싸다 價格昂貴 비싸게 팔다 賣得貴

類 고가이다 高價
反 싸다 便宜的

빌려 주다	動	借⋯給	친구에게 돈을 빌려 줬다 把錢借給了朋友

類 빌리다 借
反 돌려 주다 還（東西）

빠르다	形	快的	그의 학습 속도가 빠르다 他的學習速度快 세월이 빠르다 歲月過得很快

類 속하다 快速的
反 느리다 緩慢的

사다	動	買	책을 샀다 買了書

類 구입하다 購入，구매하다 購買
反 팔다 賣

사라지다	動	消失	사람이 사라지다 人不見
類 없어지다 不見、消失 反 나타나다 出現			
살다	動	住；生活	타이베이에서 살다 住在台北
類 생활하다 生活			
생각하다	動	想、認為； 考慮	이리저리 생각하다 多方考慮
類 보다 觀察、查看，인정하다 認定，고려하다 考慮			
설명하다	動	說明	규칙을 자세히 설명하다 仔細地說明規則
類 안내하다 引導、指引，알려 주다 告訴			
성공하다	動	成功	드디어 성공하다 終於成功
反 실패하다 失敗			
세다	形	強烈、猛烈	힘이 세다 力氣很大 바람이 세다 風很強
類 강하다 強的，힘 있다 有力的 反 살살하다 輕輕的，약하다 弱的，부드럽다 柔軟的			
세수하다	動	洗臉；洗手	식사 전에 세수하다 飯前洗手
類 씻다 洗，세면하다 洗臉			
세우다	動	制定	계획을 세우다 制定計畫
類 (계획을) 짜다 制定（計畫）			
쉬다	動	休息	집에 가서 푹 쉬세요 請回家好好休息
類 휴식하다 休息			
쉽다	形	容易的	쉬운 말 易懂的話 문제를 쉽게 해결했다 問題輕易地解決了
類 안이하다 容易的，용이하다 容易的，간단하다 簡單的 反 어렵다 困難的			
슬프다	形	悲痛的、 傷心的	슬픈 소식 難過的消息 슬퍼서 울다 因為難過而哭
類 아프다 痛的 反 기쁘다 開心的			
시끄럽다	形	吵雜的	시끄러운 발동기 吵雜的發動機 밖이 시끄러워서 나가 보았다 外面很吵，於是出去看看
反 조용하다 安靜的			

시원하다	形	涼快的	시원한 바람 涼快的風 매우 시원하다 非常涼爽
類 선선하다 涼快的			
시작하다	動	開始	수업을 시작하다 開始上課
反 끝나다 結束			
싱겁다	形	淡的；薄的	반찬이 싱겁다 小菜（味道）很淡 담배 맛이 좀 싱겁다 菸味有點淡
類 약하다 弱的 反 짜다 鹹的			
싱싱하다	形	新鮮的； 鮮艷的	생선이 싱싱하다 魚很新鮮
類 생생하다 新鮮的 反 썩다 腐爛，변질되다 變質，부패하다 腐敗			
싸다	形	便宜的	물가가 싸다 物價便宜
類 저렴하다 低廉的 反 비싸다 貴的			
쓰다	動	用	전화 좀 써도 됩니까？可以用一下電話嗎？
類 사용하다 使用，이용하다 利用			
아끼다	動	節約；珍惜	돈을 아껴 쓰다 錢省著用
類 절약하다 節約 反 낭비하다 浪費			
아름답다	形	美麗的、 漂亮的	아름다운 목소리 美麗的聲音
類 곱다 美麗的，예쁘다 漂亮的，우아하다 優雅的 反 추하다 醜的，못생기다 長得不好看			
아프다	形	疼的、痛的	머리가 아프다 頭痛 배가 아프다 肚子痛 가슴（마음）이 아프다 心痛
類 고통스럽다 痛苦的，슬프다 難過的 反 편하다 舒服的			
알다	動	知道、明白	그가 온다는 것을 이미 알았다 已經知道他來了
類 이해하다 理解，익숙하다 熟悉的 反 모르다 不知道，낯설다 陌生的，서툴다 生疏的、不熟悉的			
얇다	形	薄的	얇은 종이 薄薄的紙
反 두껍다 厚的			

얕다	形	淺的	얕은 냇물 淺的溪水
反 깊다 深的			
어둡다	形	暗的	달 없는 어두운 하늘 沒有月亮、黑暗的天空
反 밝다 明亮的			
어렵다	形	難的	어려운 일 困難的事 어려운 문제를 풀었다 解開了難題
類 힘들다 辛苦的 反 쉽다 簡單的			
어리다	形	年幼的、 幼小的	나이가 어리다 年紀小
類 연소하다 年少的，유소하다 幼小的，유충하다 年紀小的，유치하다 幼稚的			
연기하다	動	延期	완공을 연기하다 延期完工
類 미루다 推遲 反 앞당기다 提前			
연습하다	動	練習	타자를 연습하다 練習打字
類 익히다 使⋯熟悉			
열다	動	開、打開	문을 열다 開門
類 켜다 開（燈、電器） 反 닫다 關			
예약하다	動	預約、預定	자리를 예약하다 訂位
類 주문하다 預定；點（餐）			
올라가다	動	上去	산에 올라가다 上山
類 오르다 上、上升，상승하다 上升 反 내려가다 下去、下降，내리다 下、下降，떨어지다 掉落，줄어들다 減少			
옮기다	動	移動	책상을 옮기다 搬動書桌
類 움직이다 移動，이동하다 移動			
요리하다	動	做菜	음식을 요리하고 밥을 짓다 做菜、煮飯
類 음식을 만들다 做菜			
움직이다	動	動彈	몸을 움직이다 移動身子
類 흔들리다 搖晃，행동하다 行動，옮기다 移動			
위험하다	形	危險的	상황이 어렵고 위험하다 情況困難且危險
類 험난하다 艱難的 反 안전하다 安全的			

유명하다	形	有名的	유명한 사람 有名的人
反 무명하다 無名的			
이기다	動	贏	경기에서 이기다 在競賽中勝利
類 승리하다 勝利 反 지다 輸			
이사하다	動	搬家	그는 어릴 때 도시로 이사했다 他小時候搬到都市
類 집을 옮기다 搬家			
이야기하다	動	聊天；講故事	친구를 만나 이런저런 이야기를 했다 見到朋友，東聊西聊
類 말하다 說話			
이해하다	動	了解、知道	이유를 이해하다 了解理由
類 알다 知道，알아듣다 聽懂			
익숙하다	形	熟悉的、習慣的	솜씨가 익숙하다 手法純熟 길에 익숙하다 熟悉道路
類 노련하다 老練的，연숙하다 練熟的，한숙하다 嫻熟的，관숙하다 上手的，친숙하다 親近熟悉的，유창하다 流暢的 反 서투르다 不熟悉、陌生的			
잃어버리다	動	丟失了、丟掉了	지갑을 잃어버리다 弄丟錢包
類 잃다 失去，버리다 丟掉，빠뜨리다 落下、遺忘 反 얻다 獲得，받다 收到			
입다	動	穿	
類 신다 穿（鞋子），쓰다 戴（帽子、眼鏡） 反 벗다 脫			
있다	動	有；在	동생이 집에 있다 弟弟（妹妹）在家
反 없다 沒有；不在			
잊어버리다	動	忘記	약속을 잊어버리다 忘了約定
類 잊다 忘記，기억할 수 없다 無法記起來，기억하지 못하다 記不起來 反 기억하고 있다 記著，잊지 않고 있다 沒忘			
자다	動	睡	아이가 자다 孩子睡覺
類 잠자다 睡覺 反 깨다 醒			

자르다	動	切斷	가위로 종이를 자르다 用剪刀剪紙

- 類 깎다 削，끊다 斷開，절단하다 切斷
- 反 이어지다 連接，계속하다 繼續

잡다	動	抓	기회를 잡다 抓住機會

- 類 붙잡다 緊抓，쥐다 抓
- 反 놓다 放下，풀다 解開

재미있다	形	有趣的	그 영화가 너무 재미있다 那部電影太有趣了

- 類 흥미 있다 有趣的
- 反 재미없다 無趣的，시시하다 無聊的，지루하다 無聊的

저금하다	動	存錢	남은 돈이 있으면 저금해야 해요 有剩餘的錢應該要存起來

- 類 저장하다 儲存，적립하다 儲存，예금하다 存錢，저금하다 存錢，저축하다 儲蓄，축적하다 累積，쌓다 累積
- 反 예금을 인출하다 提款，저금을 찾다 提款

적다	形	少的	길에 사람이 적다 路上人少 영향이 적다 影響小

- 反 많다 多的

정직하다	形	正直的、誠實的	마음이 정직하게 굴지 않을 땐 통증이 답을 준다 當你的心不誠實，心痛會告訴你答案

- 反 거짓말을 하다 說謊

정하다	動	決定	만날 시간과 장소를 정하다 決定見面的時間和場所

- 類 결정하다 決定，결심하다 決心

젖다	動	濕；被弄濕	옷이 비에 젖다 衣服被雨淋濕

- 反 말리다 弄乾

좁다	形	窄的	좁은 땅 狹窄的土地 방이 좁다 房間狹窄

- 反 넓다 寬的

좋다	形	好的	좋은 친구 好朋友

- 類 낫다 好的
- 反 나쁘다 壞的，싫다 討厭的

좋아하다	動	喜歡	우리 아이는 엄마보다 아빠를 더 좋아해요 我們家小孩比起媽媽更喜歡爸爸

- 類 마음에 들다 滿意
- 反 싫어하다 討厭

주다	動	給	돈을 주다 給錢
ⓐ 받다 收			
주문하다	動	點餐；預訂	맥주 두 병을 시키고 생선회 몇 접시를 더 주문하다 點了兩瓶啤酒，又加點了幾盤生魚片
ⓢ 시키다 點（餐），예약하다 預約			
주의하다	動	注意	안전에 주의하다 注意安全
ⓢ 조심하다 小心 ⓐ 실수하다 失誤，과실하다 犯錯，잘못하다 做錯			
준비하다	動	準備	시험을 준비하고 있다 正在準備考試
ⓢ 마련하다 準備，예비하다 預備			
즐겁다	形	高興	즐거운 시간 愉快的時間 즐겁게 지내다 過得開心
ⓢ 유쾌하다 愉快的，기쁘다 開心的，흐뭇하다 心裡高興的			
지각하다	動	遲到	학교에 지각하다 上學遲到
ⓢ 늦다 晚的、遲的			
지나가다	動	路過	집 앞을 지나가다 路過家門前
ⓢ 통과하다 通過			
지내다	動	過	어떻게 지내셨습니까? 您過得如何？
ⓢ 보내다 過（日子），넘기다 弄過去			
지우다	動	擦掉	글씨를 지우다 擦掉文字
ⓢ 없애다 消除 ⓐ 보존하다 保存，유지하다 維持，남겨 두다 留下			
질문하다	動	發問	선생님께서 학생들에게 질문하다 老師向學生提問
ⓢ 묻다 問 ⓐ 대답하다 回答			
짧다	形	短的	치마가 짧다 裙子很短 인생은 짧고，예술은 길다 人生苦短，藝術長存
ⓐ 길다 長的			
차리다	動	置辦、準備	음식을 차리다 準備食物 정신을 차리다 打起精神
ⓢ 준비하다 準備，마련하다 準備			
참석하다	動	出席	회의에 참가하다 出席會議
ⓢ 참가하다 參加，출석하다 出席 ⓐ 결석하다 缺席			

單字格子趣

초대하다	動	請客、邀請	손님을 초대하다 招待客人
類 한턱 내다 請客，초청하다 邀請 반 손님이 되다 成為客人			
축하하다	動	恭喜、祝賀	생일축하합니다 生日快樂
類 경하하다 慶賀			
출발하다	動	出發	오후에 출발하면 좀 늦은 것 같다 下午出發，好像太晚了
類 떠나다 離開 反 도착하다 抵達			
춥다	形	冷的	날씨가 춥다 天氣冷
類 쌀쌀하다 涼颼颼的 反 덥다 熱的			
취직하다	動	就業、找工作	회사에 취직하다 進公司工作
類 취업하다 就業 反 취직을 기다리다 待業			
친하다	形	親密的	앤디와 준수는 매우 친해서 서로 비밀이 없다 安迪和俊秀很熟，因此兩人之間沒有秘密
類 사이 좋다 感情好			
켜다	動	打開、開	텔레비전을 켜다 開電視
類 열다 打開 反 끄다 關（燈、電器）			
크다	形	大的	집이 크다 房子大
反 작다 小的			
통역하다	動	口譯	영어를 중국말로 통역하다 把英文口譯成中文
類 번역하다 筆譯			
퇴근하다	動	下班	몸이 아파 일찍 퇴근하다 因為身體不舒服而提早下班
反 출근하다 上班			
팔다	動	賣	사과를 팔다 賣蘋果
反 사다 買			
피곤하다	形	累的	몸이 피곤하다 身體疲倦 마음이 피곤하다 心裡疲倦
類 피로하다 疲勞的			

필요하다	形	需要的、 必要的	적당히 운동하는 것이 필요하다 需要適度地運動
類 유요하다 有必要的 反 불필요하다 不必要的			
한가하다	形	閒暇的	지금 한가하십니까? 您現在有空嗎?
類 유한하다 悠哉的 反 분주하다 忙碌的			
힘들다	形	難的； 辛苦的	그는 공부하는 게 매우 힘들다 他覺得讀書很累
類 어렵다 困難的，고생하다 受苦，수고하다 辛苦			

單字格子趣

| 冠形詞形的應用 |

冠形詞語尾		
接於動詞詞根、形容詞詞根後，修飾或限定其後面的名詞。冠形詞語尾根據詞性有時還可以有時制語尾的作用。		

用法	－（으）ㄴ	接在動詞後時，表示過去時態；和形容詞連用時，表示現在時態。「－은」接在有尾音的動詞或形容詞詞根後，「－ㄴ」接在沒有尾音的動詞或形容詞詞根後，有修飾名詞的作用，相當於中文的「…的」。
	－는	只跟動詞連用，表示現在時態，相當於中文的「（現在）…的」。
	－（으）ㄹ	跟動詞、形容詞連用，表示未來時態或推測，「－ㄹ」接在沒有尾音的動詞、形容詞詞幹後，「－을」接在有尾音的動詞、形容詞詞根後，相當於中文的「（將要）…的」。

結合		動詞	形容詞	있다 / 없	이다
	現在式	－는	－（으）ㄴ	－는	－ㄴ
	過去式	－（으）ㄴ	/	/	/
	未來式 / 推測	－（으）ㄹ	－（으）ㄹ	－을	－ㄹ

動詞活用				
單字 \ 變化形		現在：（做）的	過去：（做）過的	未來：將要（做）的
		－는	－（으）ㄴ	－（으）ㄹ
먹다	（吃）	먹는 사과	먹은 사과	먹을 사과
가다	（去）	가는 사람	간 사람	갈 사람
보다	（看）	보는 영화	본 영화	볼 영화
열다	（開）	여는 가게	연 가게	열 가게
입다	（穿）	입는 옷	입은 옷	입을 옷
읽다	（讀）	읽는 책	읽은 책	읽을 책
쓰다	（寫）	쓰는 편지	쓴 편지	쓸 편지
싸우다	（吵架）	싸우는 아이	싸운 아이	싸울 아이
기르다	（養）	기르는 강아지	기른 강아지	기를 강아지
닫다	（關）	닫는 문	닫은 문	닫을 문
씻다	（洗）	씻는 물	씻은 물	씻을 물
찍다	（照）	찍는 사진	찍은 사진	찍을 사진
노해하다	（唱歌）	노래하는 가수	노래한 가수	노래할 가수

들리다	（聽見）	들리는 음악	들린 음악	들릴 음악
팔리다	（被賣）	팔리는 구두	팔린 구두	팔릴 구두

形容詞活用		
單字	變化形	－ㄴ／－은 （…樣）的
비싸다	（貴的）	바싼 시계
슬프다	（悲傷的）	슬픈 노래
아프다	（痛的）	아픈 사람
바쁘다	（忙的）	바쁜 회사
기쁘다	（高興的）	기쁜 회사
다르다	（不同的）	다른 얼굴
편하다	（舒服的）	편한 의자
무겁다	（重的）	무거운 가방
많다	（多的）	많은 사람
좋다	（好的）	좋은 영화
맵다	（辣的）	매운 음식
아름답다	（美好的）	아름다운 마음
깊다	（深的）	깊은 강
맑다	（清澈的）	맑은 물
넓다	（寬的）	넓은 집

| 不規則變化 |

「ㄷ」不規則變化

少數以「ㄷ」結尾的用言在與母音結合時，會產生不規則變化，「ㄷ」結尾的用言在與母音結合時，「ㄷ」會變成「ㄹ」。

▶ 「닫다（關）、믿다（相信）、묻다（埋）、얻다（獲得）、쏟다（倒、灑）」等仍為規則變化。

變化形 單字	－ㅂ／습니다 （後接子音） →無不規則變化	－아／어／여요 （後接母音） →不規則變化	－았／었／였 어요 （後接母音） →不規則變化	－（으）ㄹ 거예요 （後接母音） →不規則變化
걷다 （走路）	걷습니다	걸어요	걸었어요	걸을 거예요
듣다 （聽）	듣습니다	들어요	들었어요	들을 거예요
묻다 （問）	묻습니다	물어요	물었어요	물을 거예요
일컫다 （說）	일컫습니다	일컬어요	일컬었어요	일컬을 거예요
싣다 （載）	싣습니다	실어요	실었어요	실을 거예요
깨닫다 （覺悟）	깨닫습니다	깨달아요	깨달았어요	깨달을 거예요

「ㅂ」不規則變化

部分以「ㅂ」結尾的用言（動詞或形容詞）詞根，其變化方式有別於其他用言的變化，稱之為【ㅂ不規則變化】，「ㅂ」用言詞根結合母音時，「ㅂ」會先脫落，並添加「우」代替。這一類的用言如下列表格。

▶ 「돕다（幫助）、곱다（美麗的）」兩用言則是將採取「ㅂ」先脫落，並添加「오」的方式。
▶ 「입다（穿的）、좁다（窄的）」採用規則變化→「입어요」、「좁아요」.

變化形 單字	－ㅂ／습니다 （後接子音） →無不規則變化	－아／어／여요 （後接母音） →不規則變化	－았／었／였어요 （後接母音） →不規則變化	－（으）ㄹ 거예요 （後接母音） →不規則變化
덥다 （熱的）	덥습니다	더워요	더웠어요	더울 거예요
맵다 （辣的）	맵습니다	매워요	매웠어요	매울 거예요
아름답다 （漂亮的）	아름답습니다	아름다워요	아름다웠어요	아름다울 거예요
그립다 （想念的）	그립습니다	그리워요	그리웠어요	그리울 거예요
가깝다 （近的）	가깝습니다	가까워요	가까웠어요	가까울 거예요
춥다 （冷的）	춥습니다	추워요	추웠어요	추울 거예요
가볍다 （輕的）	가볍습니다	가벼워요	가벼웠어요	가벼울 거예요
무겁다 （重的）	무겁습니다	무거워요	무거웠어요	무거울 거예요
고맙다 （感謝的）	고맙습니다	고마워요	고마웠어요	고마울 거예요

어렵다 （難的）	어렵습니다	어려워요	어려웠어요	어려울 거예요
즐겁다 （高興的）	즐겁습니다	즐거워요	즐거웠어요	즐거울 거예요
쉽다 （容易的）	쉽습니다	쉬워요	쉬웠어요	쉬울 거예요
사랑스럽다 （可愛的）	사랑스럽습니다	사랑스러워요	사랑스러웠어요	사랑스러울 거예요
눕다 （躺）	눕습니다	누워요	누웠어요	누울 거예요
줍다 （撿）	줍습니다	주워요	주웠어요	주울 거예요
굽다 （烤）	굽습니다	구워요	구웠어요	구울 거예요
밉다 （討厭）	밉습니다	미워요	미웠어요	미울 거예요

「—」不規則變化

以母音「—」結尾的動詞、形容詞詞根，其後面接母音如「아 / 어」時，「—」會產生脫落現象，並隨單字第一個字的母音選擇加「아」或「어」。

單字 ＼ 變化形	－ㅂ / 습니다 （後接子音） →無不規則變化	－아 / 어 / 여요 （後接母音） →不規則變化	－아 / 어 / 여서 （後接母音） →不規則變化	－았 / 었 / 였어요 （後接母音） →不規則變化
아프다 （痛的）	아픕니다	아파요	아파서	아팠어요
예쁘다 （漂亮的）	예쁩니다	예뻐요	예뻐서	예뻤어요
쓰다 （寫）	씁니다	써요	써서	썼어요
크다 （大的）	큽니다	커요	커서	컸어요
바쁘다 （忙的）	바쁩니다	바빠요	바빠서	바빴어요
끄다 （關）	끕니다	꺼요	꺼서	껐어요
뜨다 （升；睜）	뜹니다	떠요	떠서	떴어요
잠그다 （鎖）	잠급니다	잠가요	잠가서	잠갔어요
담그다 （醃）	담급니다	담가요	담가서	담갔어요
트다 （裂開）	틉니다	터요	터서	텄어요
고프다 （餓的）	고픕니다	고파요	고파서	고팠어요
기쁘다 （高興的）	기쁩니다	기뻐요	기뻐서	기뻤어요
나쁘다 （不好的）	나쁩니다	나빠요	나빠서	나빴어요
쓰다 （苦的）	씁니다	써요	써서	썼어요

單字格子趣

「ㄹ」不規則變化

以「ㄹ」為結尾的動詞或形容詞，其後面所接的音節以「ㄴ」「ㅂ」「ㅅ」開始時，尾音「ㄹ」會脫落。
但其後面若接「—으면（…的話）」「—으려고（想…）」等，「ㄹ」會直接與「으」接觸，「으」則會脫落。

單字 / 變化形	—ㅂ／습니다 （後接子音ㄴ／ㅂ／ㅅ） →「ㄹ」脫落	—아／어／여요 →無不規則變化	—았었였어요 →無不規則變化	—（으）ㄹ 거예요 →「으」脫落
알다 （知道）	압니다	알아요	알았어요	알 거예요
멀다 （遠的）	멉니다	멀어요	멀었어요	멀 거예요
빌다 （祈求）	빕니다	빌어요	빌었어요	빌 거예요
살다 （活）	삽니다	살아요	살았어요	살 거예요
걸다 （打（電話））	겁니다	걸어요	걸었어요	걸 거예요
놀다 （玩）	놉니다	놀아요	놀았어요	놀 거예요
졸다 （打瞌睡）	좁니다	졸아요	졸았어요	졸 거예요
만들다 （做）	만듭니다	만들어요	만들었어요	만들 거예요
열다 （開）	엽니다	열어요	열었어요	열 거예요
쓸다 （掃）	씁니다	쓸어요	쓸었어요	쓸 거예요
울다 （哭）	웁니다	울어요	울었어요	울 거예요
털다 （撢）	텁니다	털어요	털었어요	털 거예요
팔다 （賣）	팝니다	팔아요	팔았어요	팔 거예요
흔들다 （搖動）	흔듭니다	흔들어요	흔들었어요	흔들 거예요
길다 （長的）	깁니다	길어요	길었어요	길 거예요
가늘다 （細的）	가늡니다	가늘어요	가늘었어요	가늘 거예요
달다 （甜的）	답니다	달아요	달았어요	달 거예요

「르」不規則變化

部分以「르」結尾的動詞、形容詞，其後面結合母音如「아 / 어」時，「ㅡ」脫落，並在前一個母音之後添加「ㄹ」幫助發音。

單字 變化形	－ㅂ / 습니다 （後接子音） →無不規則變化	－아 / 어 / 여요 （後接母音） →不規則變化	－았 / 었 / 였습니다 （後接母音） →不規則變化	－아 / 어 / 여서 （後接母音） →不規則變化
빠르다 （快的）	빠릅니다	빨라요	빨았습니다	빨라서
흐르다 （流）	흐릅니다	흘러요	흘렀습니다	흘러서
찌르다 （刺）	찌릅니다	찔러요	찔렀습니다	찔러서
모르다 （不知道）	모릅니다	몰라요	몰랐습니다	몰라서
다르다 （不同的）	다릅니다	달라요	달랐습니다	달라서
자르다 （切）	자릅니다	잘라요	잘랐습니다	잘라서
부르다 （叫、唱）	부릅니다	불러요	불렀습니다	불러서
고르다 （挑、選）	고릅니다	골라요	골랐습니다	골라서
마르다 （乾的）	마릅니다	말라요	말랐습니다	말라서
가르다 （分開）	가릅니다	갈라요	갈랐습니다	갈라서
기르다 （養）	기릅니다	길러요	길렀습니다	길러서
오르다 （上升、登）	오릅니다	올라요	올랐습니다	올라서
게으르다 （懶惰的）	게으릅니다	게을러요	게을렀습니다	게을러서
서두르다 （急忙的）	서두릅니다	서둘러요	서둘렀습니다	서둘러서
배부르다 （吃飽）	배부릅니다	배불러요	배불렀습니다	배불러서

「ㅅ」不規則變化

部分以「ㅅ」為結尾的動詞或形容詞，其後面結合母音時，「ㅅ」會產生脫落現象。

單字 \ 變化形	ㅡㅂ/습니다.（後接子音）→無不規則變化	ㅡ아/어/여요.（後接母音）→不規則變化	ㅡ았/었/였어요.（後接母音）→不規則變化	ㅡ(으)ㄹ까요?（後接母音）→不規則變化
낫다 （好些）	낫습니다	나아요	나았어요	나을까요?
붓다 （腫）	붓습니다	부어요	부었어요	부을까요?
짓다 （蓋）	짓습니다	지어요	지었어요	지을까요?
젓다 （攪）	젓습니다	저어요	저었어요	저을까요?
잇다 （連接）	잇습니다	이어요	이었어요	이을까요?
긋다 （劃）	긋습니다	그어요	그었어요	그을까요?

「ㅎ」不規則變化

部分以「ㅎ」結尾的形容詞，與以「으」開頭的語尾相結合時，「ㅎ」脫落；或是與以「ㅡ아/어」開頭的語尾結合時，在「ㅎ」脫落的同時，詞根與語尾之間，會衍生出「ㅐ」音節。

▶「좋다（好的）」，後面接母音時仍為規則變化，如「좋아요（好）」。

單字 \ 變化形	ㅡㅂ/습니까（後接子音）→無不規則變化	ㅡ아/어/여요（後接母音）→不規則變化	ㅡ(으)ㄹ까요（後接母音）→不規則變化	ㅡㄴ/은N（後接冠形詞）→不規則變化
어떻다 （怎麼樣）	어떻습니까?	어때요?	어떨까요?	어떤 색
파랗다 （藍的）	파랗습니까?	파래요?	파랄까요?	파란 하늘
빨갛다 （紅的）	빨갛습니까?	빨개요?	빨갈까요?	빨간 하늘
노랗다 （黃的）	노랗습니까?	노래요?	노랄까요?	노란 하늘
하얗다 （白的）	하얗습니까?	하얘요?	하얄까요?	하얀 하늘
그렇다 （這樣）	그렇습니까?	그래요?	그럴까요?	그런 하늘
이렇다 （這樣）	이렇습니까?	이래요?	이럴까요?	이런 하늘
저렇다 （那樣）	저렇습니까?	저래요?	저럴까요?	저런 하늘

5

文法格子趣

- ✓ 韓語時態
- ✓ 韓語副詞
- ✓ 韓語助詞
  - 格助詞
  - 補助詞
  - 接續助詞
- ✓ 語尾
  - 連結語尾
  - 終結語尾
- ✓ 否定法
- ✓ 韓語句子構成

韓語時態

韓語時態	
過去時態語尾 ー았 / 었 / 였（어요 / 습니다）	▶ 過去時態表示以說話時為基準，在此之前發生的行為或出現的狀態。過去式以在動詞詞根、形容詞詞根、「이다」詞根後加過去時態語尾「ー았 / 었 / 였」來表示。
現在式	▶ 現在時態表示以說話時為基準，當時正在發生的行為或出現的狀態。表示現在時態無須另加時態語尾。 ▶ 表示真理、習慣或將來一定會發生的事時也用現在式。
未來時態語尾 ー겠（어요 / 습니다）	▶ 未來時態表示以說話時為基準，在那之後將要發生的行為或出現的狀態。未來式以在動詞詞根、形容詞詞根後加未來時態語尾「ー겠」來表示。 ▶「ー겠」還可以用於表示說話者的意志或推測： 用於第一人稱的句中表示說話者要做某事的意志。 用於第三人稱的句中表示說話者的推測。 ▶「ー겠」用於表示說話者的推測時，還可以用在過去時態語尾之後，表示對過去事實的推測。

韓語副詞

功能	副詞語彙	
狀態副詞（時間） 次數 / 程度副詞	지금	（現在）
	요즘	（近來）
	벌써	（已經）
	가끔	（偶爾）
	다시	（再）
	항상	（總是）
	늘	（總是）
	이미	（已經）
	일찍	（早）
	때때로	（有時候）
	자주	（時常）

接續副詞	또	（又）
	오히려	（反而）
狀態副詞（狀態）	어서	（趕緊）
	얼른	（趕緊）
	빨리	（快地）
	잘	（好好地）
	많이	（很多）
狀態副詞（程度）	아주	（非常）
	매우	（很）
	훨씬	（…得多、…得很）
	더	（更）
	더욱	（更）
	상당히	（相當…）
	너무	（太）
	굉장히	（非常）
	좀	（一點）
	꽤	（相當）
	약간	（一點、一些）
	모두	（全部、都）
	다	（全部、都）
	같이	（一起）
	함께	（一起）
樣態副詞	마침	（正好）
	겨우	（勉強、才）
	전혀	（全然不、一點也不）
	별로	（不怎麼樣）
	천천히	（慢慢地）
	결코	（絕對不）
其他	서로	（互相、彼此）

| 連接副詞的使用 |

　　閱讀或寫作時要特別注意上下文間的連接，要根據前後句子的內容，正確選擇連接副詞來連接上下文。

類型	上下關係	接續詞	
原因結果 （원인、결과）	提示原因或理由，並表示結果或結論。	· 그러므로 · 그러니까 · 그기에 · 그런고로 · 왜냐하면	· 그래서 · 그러자 · 그러기 때문에 · 따라서
轉折對照 （역접、비교）	表示否定或對立關係。	· 그러나 · 그렇지만 · 이에 반해 · 이에 비하면 · 그래도 · 다만	· 그렇더라도 · 이와는 달리 · 이에 견주어 · 하지만 · 반면에
順承 （순접）	表示順承關係。	· 그리고 · 그러니 · 그래서 · 그리하여	· 그러므로 · 이와 같이 · 그러면
添加補充 （첨가、보충）	添加強調或詳述前文的內容。	· 그리고 · 그 위에 · 덧붙여 말하면 · 더욱 · 아울러 · 더욱이	· 더구나 · 게다가 · 단 · 뿐만 아니라 · 또한
轉換 （전환）	轉換話題，導入其他的內容。	· 그런데 · 그건 그렇다치고 · 다음으로 · 한편 · 여기에	· 그러면 · 그건 그렇고 · 대저 · 아무튼
換言概括 （요약，환언）	表示變換說法，進一步說明或概述。	· 요컨대 · 즉 · 다시 말하면 · 아무튼 · 요약하면 · 환언하면 · 이상으로써	· 결국 · 곧 · 바꿔 말하면 · 간단히 말하면 · 이런 점으로 보면 · 이상
讓步 （양보）	表示讓步關係。	· 그럼에도 불구하고 · 그렇다면	· 비록 ~ 할지라도 · 그렇다 해도
並列 （대등）	表示前後事實的並列，或內容的接續。	· 또는 · 및 · 그리고	· 혹은 · 한편
先後 （선후）	表示事件先後關係。	· 그리고 · 그러자	· 이후 · 그 다음에
舉例比喻 （예시，비유）	表示舉例或比喻說明、證明等。	· 가령 · 이를테면 · 말하자면	· 예컨대 · 예를 들면

韓語助詞

<table>
<tr><th colspan="5">格助詞（격조사）</th></tr>
<tr><td colspan="5">格助詞主要用於名詞、代名詞或數量詞後，表示該名詞、代詞或數量詞在句子中代表什麼角色。</td></tr>
<tr><th>功能</th><th>助詞</th><th>中譯</th><th>用法</th><th>例句</th></tr>
<tr>
<td rowspan="2">主格助詞</td>
<td>ー이 / 가</td>
<td></td>
<td>▶ 接在名詞後表示這個名詞是句子的主語。
▶ 前加的主語是「沒有받침（無尾音／母音結尾）」時加「ー가」；前加的主語是「有받침（尾音／子音結尾）」時，則加「ー이」。</td>
<td>서울이 한국 수도예요 .
首爾是韓國的首都。
친구가 한국 사람이에요 .
朋友是韓國人。</td>
</tr>
<tr>
<td>ー께서</td>
<td></td>
<td>▶ 當句中主語為須尊敬的對象時使用。</td>
<td>사장님께서 연설을 하시고 계세요 .
社長在演說。</td>
</tr>
<tr>
<td>受格助詞</td>
<td>ー을 / 를</td>
<td></td>
<td>▶ 接在名詞後，表示動詞所直接涉及的對象。
▶ 前加的目的語是「沒有받침（無尾音／母音結尾）」時，選擇加「ー를」；前加的目的語是「有받침（尾音／子音結尾）」時，選擇加「ー을」。</td>
<td>외국인이 젓가락을 쓸 줄 몰라요 .
外國人不會用筷子。
아까 비빔밥을 먹었어요 .
剛才吃了拌飯。</td>
</tr>
<tr>
<td rowspan="2">補格助詞</td>
<td>ー이 / 가 되다</td>
<td></td>
<td>▶ 表示經過一定時間後，轉變成某種狀態或情況。</td>
<td>물이 얼음이 되었어요 .
水結成冰了。</td>
</tr>
<tr>
<td>ー이 / 가 아니다</td>
<td></td>
<td>▶ 是「이다」的否定形式。</td>
<td>저는 학생이 아니에요 .
我不是學生。
이것은 사과가 아니에요 .
這個不是蘋果。</td>
</tr>
<tr>
<td>與格助詞</td>
<td>ー께</td>
<td>給</td>
<td>▶ 用於動作的對象是需要表示恭敬的時候，是「ー에게」和「ー한테」的敬語。</td>
<td>부모님께 편지를 썼어요 .
寫了信給父母。
이 선물은 할아버지께 드릴 거예요 .
這個禮物要送給爺爺。</td>
</tr>
<tr>
<td>方向格助詞</td>
<td>ー（으）로</td>
<td>往</td>
<td>▶ 接在表示處所或方向的名詞後表示目的地或方向。</td>
<td>저쪽으로 가세요 .
請往那個方向去。
교실로 오세요 .
請到教室來。</td>
</tr>
</table>

工具格助詞	ㅡ（으）로	用、以	▶ 接在表示交通工具、工具或方法的名詞後，表示手段。	지하철로 10 분 걸립니다 . 坐地鐵需要 10 分鐘。 지우개로 지우세요 . 請用橡皮擦擦。
處所格助詞	ㅡ에	在 （地點）	▶ 接在處所名詞後，表示主語的位置或場所，此時「ㅡ에」後經常接「있다（在）」「없다（不在）」等詞。	책이 어디에 있어요 ? 書在哪裡？ 민우는 집에 없어요 . 民雨不在家。
			▶ 接在處所名詞後，表示方向或目的地。後面經常接「가다（去）」「오다（來）」等詞	저는 학교에 가요 . 我去學校。 선생님이 우리 집에 와요 . 老師來我家。
時間格助詞	ㅡ에	在 （時間）	▶ 接在表示時間的名詞後，表示動作行為發生的時間。	저는 아침 7 시에 일어납니다 . 我早上 7 點起床。 아침 8 시에 수업을 시작해요 . 早上 8 點開始上課。
單位格助詞	ㅡ에		▶ 接在名詞後，表示單位。	맥주 한 병에 얼마예요 ? 一瓶啤酒多少錢？ 사과 한 개에 1000 원이에요 . 一個蘋果 1 千韓元。
與格助詞	ㅡ에게	給	▶ 表示某個動作涉及的對象（主要是人）多用於書面。	친구에게 이메일을 보냈다 . 寄了電子郵件給朋友。
	ㅡ에게서		▶ 用於人物名詞或代詞後，表示源自何人，多用於書面。	이 선물은 선생님에게서 받은 것이에요 . 這禮物是老師送的。
處所格助詞	ㅡ에서	從…	▶ 接在處所名詞後，表示該場所是動作的出發點或始發地。	이 버스는 학교에서 출발합니다 . 這輛公車從學校出發。 회사에서 집까지 걸었어요 . 從公司走到家。
	ㅡ에서	在	▶ 表示動作進行的場所	백화점에서 구두를 샀어요 . 在百貨公司買了皮鞋。 도서관에서 책을 빌렸어요 . 在圖書館借了書。

	-에	-에서
	※「-에서」與「-에」之比較	

※「-에서」與「-에」之比較

	-에	-에서
	可以接於「있다」「없다」「계시다」後表示人或事物存在的位置。 例 책상 위에 연필이 있어요. 桌上有鉛筆。	-
	-	可以表示動作進行或持續的場所。 例 도서관에서 공부합니다. 在圖書館念書。
	表示到達點。 例 우리는 제주도에 도착했어요. 我們抵達濟州島了。	表示出發點。 例 집에서 전화가 왔어요. 家裡來電話了。

屬格助詞	-의	的	▶ 用於名詞後，修飾後面的名詞，表示所有、所屬。	이 노래의 제목을 모릅니다. 我不知道這首歌的歌名。 이 책의 내용이 재미있습니다. 這本書的內容很有趣。
敘述格助詞	-이다	是	▶ 用於名詞或名詞短語後，表示主語所指對象的類別或屬性。	이것은 책입니다. 這是書。 서울은 큰 도시입니다. 首爾是大城市。
與格助詞	-한테	給	▶ 表示某個動作涉及的對象（主要是人），多用於口語。	누구한테 책을 줬어요? 把書給誰了？ 친구한테 편지를 썼어요. 寫了信給朋友。
與格助詞	-한테서	從	▶ 用於人物名詞或代詞後，表示源自何人或動作由誰發出，多用於口語，與「-에게서」相似。	어머니한테서 들었습니다. 從媽媽那邊聽到的。 누구한테서 전화가 왔어요. 朋友來電話了。

文法格子趣

補助詞（보조사）

主要用於名詞、代詞或數量詞後，或者有限制地用於一部分副詞、助詞、語尾以及詞組、短句之後，表示說話者的態度或添加程度、限制範圍等補充意義。

助詞	中譯	用法	例句
―까지	到	▶ 接在表示處所或時間的單詞後，表示目的地或對時間的限定；常以「―에서…까지…（從…到…）」的形態出現。	이 버스는 어디까지 가요 ? 這輛公車要開到哪裡 ? 월요일까지 숙제를 내세요 . 請在星期一前交作業。
―（이）나	或	▶ 用於連接兩個名詞，表示在兩者中選擇一個。	망고나 배가 있어요 ? 有芒果或梨子嗎 ? 소설이나 만화책이 있어요 ? 有小說或漫畫嗎 ?
	……之多	▶ 接在疑問詞「몇」或數詞、表示單位的依存名詞後表示強調。	제주도에 몇 번이나 가 봤어요 . 去過好幾次濟州島。 그 집에는 소가 백 마리나 있어요 . 那家有一百頭牛之多。
	…什麼的、…之類的	▶ 表示舉出可以選擇的代表性事物。	김밥이나 먹을까요 ? 吃個紫菜包飯什麼的好嗎 ? 영화나 봐요 . 看個電影之類的吧。
―은 / 는		▶ 接在名詞後，表示句子主語的對比或強調。 ▶ 前加的補助對象是「沒有받침（無尾音 / 母音結尾）」時加「―는」；前加的補助對象是「有받침（尾音 / 子音結尾）」時，則加「―은」。	한국의 여름은 덥지만 겨울은 춥습니다 . 韓國的夏天雖然熱，但冬天冷。 교실에서는 핸드폰을 사용하지 마세요 . 請勿在教室內使用手機。
―도	也、又、還	▶ 表示包含，接在名詞後。 ▶ 表示對事物的列舉或情況的羅列。	오빠가 노래도 잘 부르고 춤도 잘 춰요 . 哥哥歌唱得好舞也跳得棒。
		▶ 表示讓步。	오늘 안 되면 내일도 괜찮아요 . 今天不行的話，明天也可以。
―아 / 어 / 여도	即使…也、就算…也	▶ 不管前面的行為或狀態如何，必然會出現後面之事。	비싸도 그 옷을 꼭 살 거예요 . 就算再貴，我也一定要買那件衣服。 아무리 바빠도 아침을 꼭 먹어야 해요 . 就算再忙，也應該要吃早餐。
―마다	每	▶ 表示單位，逐一、包括、無例外的意思。	사람마다 얼굴이 달라요 . 每個人長相都不一樣。 일요일에마다 영화를 보러 가요 . 每到星期日會去看電影。

一만	只、僅僅	▶ 表示限定，接在名詞或相當於名詞的語句後，表示不包括別的事物。	저는 이 책만 사면 돼요 . 我只買這本書就可以了。 하루종일 자기만 했어요 . 一整天只是睡。
一만큼	如同…一樣、像…一樣	▶ 表示程度，接在名詞後。 ▶ 表示比較時，兩者的程度相似。	아버지만큼 키가 크고 싶어요 . 個子想長得像爸爸一樣高。 수박만큼 맛있는 과일은 없어요 . 沒有像西瓜這麼好吃的水果了。
一밖에	只	▶ 與否定詞搭配，表示侷限性、唯一性。	돈밖에 모르는 사람 . 只認錢的人。 일을 해결할 수 있는 방법이 이것밖에 없어요 . 能解決事情的辦法只有這一個。
一보다	比	▶ 接在被比較的名詞後面，表示兩個名詞的比較。常和「더」一起使用。	은혜 씨가 효리 씨보다 키가 커요 . 恩惠比孝莉個子更高。 지훈 씨가 재석 씨보다 영어를 더 잘해요 . 智勳英文比在石更好。
一부터	從	▶ 接在表示時間或處所的單詞後表示起點，常以「一부터…까지…（從…到…）」的形態出現。	대학교는 7 월부터 방학이에요 . 大學從 7 月開始放假。 저는 금요일 밤마다 6 시 40 분부터 한국어 수업을 해요 . 我每星期五晚上 6 點 40 分開始上韓文課。
一뿐	只	▶ 接在名詞後，意思和「一만」相似，表示只、僅僅。	제가 할 수 있는 말은 한국어뿐입니다 . 我會說的只有韓語。 제가 해 드릴 수있는 것은 이것뿐입니다 . 我能為您做的只有這些。
一처럼	如同、像	▶ 表示比較或比喻的對象。	그 친구가 아이처럼 순진한 사람이에요 . 那個朋友是像孩子一樣純真的人。 나처럼 한 번 해 봐요 . 像我這樣做一次看看。

接續助詞（접속조사）

韓語中並列兩個或兩個以上的名詞或句子，使之在句中具有同等資格的助詞，稱為接續助詞。
主要用於對等連接名詞、代詞或數量詞，不添加其他意義。

助詞	中譯	用法	例句
一와 / 과	和	▶ 用於連接兩個以上的名詞，「一과」接在有尾音的名詞後，「一와」接在沒有尾音的名詞後。	귤과 배를 샀어요 . 買了橘子和梨。 학생들에게 노래와 춤을 가르쳤어요 . 教了學生們唱歌和跳舞。

－(이)랑	和	▶ 用於連接兩個以上的名詞。	나는 민희랑 함께 영화를 보러 갔어요 . 我和民希一起去看了電影。 동생이 언니랑 싸웠어요 . 弟弟和姐姐吵架了。
－하고	和	▶ 用於連接兩個以上的名詞。	빵하고 쥬스만 사 오면 돼요 . 只要買點麵包和果汁來就可以了。 배하고 사과하고 감을 가져오세요 . 請帶梨、蘋果和柿子來。

韓語語尾

| 連結語尾 |

連接語尾分類

連接語尾主要用於連接前後兩個句子，表示前後兩個句子的關係。由於韓語的連接詞特性不同於中文或英文，使用連結語尾必須掌握前後兩句的關係，下列按照前後句子的關係，整理出同一類型的連接語尾和慣用形及其用法：

邏輯關係	連接語尾
並列	－고①
同時進行	－(으)면서
先後進行	－고②、－ㄴ/은 후에 (다음)、－아/어/여서①
對立、轉折	－지만
理由、原因	－아/어/여서②、－(이)라서、－(으)니까、－(으)므로， 왜냐하면… －기때문이다
條件、假設	－(으)면
假定、讓步	－아/어/여도
目的、意圖	－(으)러、－(으)려고、－게
選擇	－거나
提示說明	－는데/(으)ㄴ데、－니까/으니까
疑問	－(으)ㄴ/는지、－(으)ㄹ지
一…就	－자마자

連結語尾（연결어미）			
語尾	中譯	用法	例句
－고	然後	▶ 連接兩個句子的作用，當兩個分句的主詞相同時，表示動作的先後順序，及當前一個動作結束後進行後一個動作。 ▶ 當兩個分句的主語不同時，在主語後連用「－은/는」表示兩個分句的對比。	숙제를 하고 가겠어요. 做完作業再走。 친구를 만나고 집에 갈 거에요. 見過朋友後將會回家。 저는 공부하고 친구는 텔레비전을 봐요. 我在念書，朋友在看電視。
－거나	或	▶ 接於動詞、形容詞或「있다」後，表示從兩種情況中選擇一種。	내일은 친구를 만나거나 영화를 볼 거예요. 明天見朋友或看電影。 제가 보고 싶으면 이메일을 보내거나 전화를 하세요. 想我的話，就發郵件或打電話。
		▶ 與「무엇（什麼）、어디（哪裡）、누구（誰）、언제（何時）、어떻게（如何）」一起使用，表示任何一種情況都可以。	제가 누구를 만나거나 걱정하지 마세요. 我去見誰，您不用擔心。 제가 무엇을 먹거나 신경쓰지 마세요. 我吃什麼，您不用操心。
	不管…還是	▶ 以「－거나…－거나…」的重複形式使用，表示把對立的兩種情況全部包括。兩個「－거나」前的時制必須一致。	비싸거나 싸거나 수박을 사 가지고 오세요. 不管貴還是便宜都請把西瓜買來。 비가 오거나 눈이 오거나 내일 꼭 출발해야 합니다. 不管下雨還是下雪明天都必須出發。
－（으）니까	因為…所以	▶ 表示理由或原因，和「－아/어/여서」不同，「－（으）니까」主要用在命令句或共動句中。	시간이 없으니까 빨리 갑시다. 沒時間了，快走吧。 비가 오니까 택시를 타세요. 下雨了，請坐計程車吧。
－（으）러		▶ 接在動詞後，表示主語的行動目的。後面主要接「가다오다（去了一趟）、나오다（出來）、나가다（出去）、다니다（來往）」等表示移動的動詞。	저는 어제 책을 사러 서점에 갔어요. 我昨天去書店買了書。 점심 먹으러 갈까요? 去吃午飯好嗎？
－（으）려고	想	▶ 接在動詞後，表示主語尚未付諸實踐的意願或目的。	친구를 만나려고 일찍 왔어요. 想見朋友，早早地就來了。 사진을 찍으려고 사진관에 갔어요. 想照相，去了照相館。

文法格子趣

ㅡ(으)면	如果	▶ 接在動詞或形容詞後，表示後面句子的假定條件。	그 영화가 재미있으면 보겠어요． 如果那部電影有意思的話，我就去看。 비가 오면 가지 맙시다． 如果下雨的話，我們就別去了。
ㅡ(으)면 좋겠다	如果／要是⋯就好了	▶ 接在動詞或形容詞後，表示願望或希望。	지갑을 찾으면 좋겠어요． 如果找到錢包的話，就好了。 한국에 갔으면 좋겠어요． 如果能去韓國的話，就好了。
ㅡ(으)면서	邊⋯邊⋯	▶ 表示兩個動作同時進行。所連接的前後兩個分句的主語必須相同，並且該主語只在前面分句中出現，後面分句則省略主語。	음악을 들으면서 공부해요． 邊聽音樂邊學習。 운전을 하면서 담배를 피우면 안 돼요． 不能邊開車邊吸菸。
ㅡ아／어／여서 ①	因為⋯所以	▶ 接在動詞或形容詞後，表示原因或理由。 ▶ 只能用於平述句和疑問句中，不可用於命令句和共動句。	어제 잠을 못 자서 피곤해요． 因為昨天沒睡覺，所以很疲倦。 운동을 많이 해서 건강해요． 因為常做運動，所以健康。
ㅡ아／어／여서 ②	然後	▶ 接在「가다（去）、오다（來）、내리다（下⋯）、서다（站、停）、앉다（坐）」等動詞後，表示動作發生時間的先後。	집에 가서 저녁을 먹었어요． 回家吃了晚飯。 이번 역에서 내려서 3 호선으로 갈아타세요． 請在這站下車換搭 3 號線。 이 책들을 정리해서 책꽂이에 꽂으세요． 請把這些書整理一下，擺在書架上。
ㅡ자마자	ㅡ⋯就⋯	▶ 接在動詞後，表示一個動作完成之後緊接著發生了另一個動作。	퇴근 시간이 되자마자 모두들 나가버렸습니다． 下班時間一到，大家就都走光了。 집에 들어오자마자 나는 손을 씻었어요． 一到家我就洗了手。
ㅡ지만	但、然而	▶ 表示對立、轉折。	사과는 좋아하지만 배는 안 좋아해요． 喜歡蘋果但不喜歡梨。 열심히 공부했지만 성적이 별로 좋지 않았어요． 雖然努力學習了，但成績不太好。

連結語尾 －아 / 어 / 여 ＋補助動詞			
	中譯	用法	例句
－게 되다	變成了	▶ 表示不是出於主語的意願而是由於環境的原因或條件造成了某種狀況。	아사를 가게 되었어요 . 要搬家了。 저는 미국에 못 가게 되었요 . 我去不了美國了。
－아 / 어 / 여 드리다	給您；幫您	▶ 在說話者為聽者（比說話者社會地位高或是說話者不太熟悉的人）做某事時使用。表示謙遜。	제가 도와 드릴게요 . 我來幫您。 문을 열어 드리세요 . 請開一下門。
－아 / 어 / 여 보다	試試看	▶ 用於表示對某種行為的嘗試或過去的經驗。當「보다」是過去時態時，表示過去經歷過的事情。	제가 찾아 볼게요 . 我來找找看。 이 구두를 신어 보세요 . 請試一試這雙皮鞋。 삼계탕을 먹어 봤어요 ? 吃過蔘雞湯嗎？
－아 / 어 / 여 있다		▶ 接在動詞後，表示某種行動結束後，其狀態或結果依然保持著。	가방 안에 책과 공책이 들어 있습니다 . 書包內有書和筆記本。 저쪽에 앉아 있는 사람은 제 친구입니다 . 坐在那邊的人是我朋友。
－아 / 어 / 여 주다	幫（我）	▶ 用在說話者為聽者做某事時。 ▶「－아 / 어 / 여 주세요」「－아 / 어 / 여 주시겠어요 ?」是說話者禮貌地請求他人幫忙時使用。	친구가 한국어를 가르쳐 줬어요 . 朋友教了我韓國語。 사진 좀 찍어 주시겠어요 ? 請幫我照張相好嗎？
－아 / 어 / 여도 되다 / 괜찮다 / 좋다	可以…	▶ 用於動詞、形容詞後，表示詢問是否許可或表示許可。	지금 가도 돼요 / 괜찮아요 .. 現在去也可以。 이 옷 한번 입어 봐도 돼요 ? 這衣服可以穿看看嗎？
－아 / 어 / 여야겠다	一定要…、必須得…	▶ 用於動詞、形容詞後，表示說話者的意志或推測。	이번에는 제가 꼭 가야겠어요 . 這次我一定要去。 내일까지 기다려야겠어요 . 看來必須得等到明天了。
－아 / 어 / 여야 되다 / 하다	必須……、應該……	▶ 用於動詞、形容詞後，表示應為性。	약을 먹고 푹 쉬어야 됩니다 . 吃完藥後要好好休息。 오늘 오후까지 이 일을 다 끝내야 해요 . 這件事到今天下午為止必須做完。
－아 / 어 / 여지다	變得…	▶ 接於形容詞後，表示某種狀態逐漸形成。	요즘 날씨가 점점 더워집니다 . 最近天氣漸漸變熱了。 언니가 많이 예뻐졌어요 . 姐姐變漂亮多了。

文法格子趣

慣用語法（관용표현）			
	中譯	用法	例句
－고 나서	之後	▶ 用於動詞後，表示前面的行為結束後，進行後面的行為或出現某種狀態。	밥을 먹고 나서 과일을 먹습니다 . 吃完飯後吃水果。 회의가 끝나고 나서 집에 돌아갔습니다 . 會議結束後回家了。
－고 싶다 －고 싶어하다	想	▶ 用於動詞或「있다」之後。 ▶ 主語為第 1 人稱時，表意願或意圖；主語是第 2 人稱時，表示詢問對方的意願；第 3 人稱時需用「－고 싶어하다」。 ▶ 動詞詞根＋「－고 싶다 /－고 싶어하다」（O） ▶ 形容詞詞幹＋「－고 싶다 /－고 싶어하다」（X）	사과를 먹고 싶어요 . 我想吃蘋果。 친구를 만나고 싶어요 ? 你想見朋友嗎？ 민수 씨는 집에 있고 싶어해요 . 民洙想待在家裡。
－고 있다 －고 계시다	正在…	▶ 用於動詞後。 ▶ 表動作正在進行或狀態的持續。 ▶ 主詞為須尊敬的對象時，用「－고 계시다」。	저는 지금 책을 읽고 있어요 . 我現在在看書。 부모님은 부산에 살고 계세요 . 父母住在釜山。
－기 때문에	因為、 由於	▶ 用於動詞後，表理由、原因。 ▶ 不能用於祈使句和共動句，可以和時態一起使用，這一點和「－아 / 어 / 여서」不同。	무엇 때문에 왔습니까 ? 為什麼來了？ 어제는 피곤했기 때문에 집에서 쉬었어요 . 昨天因為很累，所以在家休息了。
－기 위해（서）	為了	▶ 用於動詞後，表示行為的目的。	한국어를 배우기 위해서 한국에 갔어요 . 為了學韓國語去了韓國。 버스를 타기 위해 30 분이나 기다렸어요 . 為了坐公車等了 30 分鐘。
－기 전에	…之前	▶ 表示後句的行為先發生。	오기 전에 전화하세요 . 來之前請先打電話。 저녁을 먹기 전에 일을 끝낼게요 . 會在晚飯前結束工作。
－기로 하다	決定	▶ 用於動詞後，表示主語的決心或計畫。	이제는 공부를 열심히 하기로 했어요 . 決定從現在起努力學習。
	約定	▶ 用於動詞後，表示和其他人的約定。	오후 3 시에 카페에서 친구를 만나기로 했어요 . 和朋友約好下午 3 點在咖啡館見面。

一(으)려고 하다	打算、想	▶ 用於動詞或「있다」之後，表示主語的意圖或計畫。 ▶「一(으)려고 하다」的現在時態，表示主語的意圖或將來的計畫；而過去時態則表示計畫的事沒有做。	저는 내일 극장에 가려고 해요. 我想明天去電影院。 한 달쯤 서울에 있으려고 해요. 我想在首爾待一個月左右。
一(으)면 되다	…就行了	▶ 用於動詞、形容詞及「있다」後，表示只要做某種行為或保持某種狀態就可以了。	술을 안 마시면 돼요. 不喝酒就行了。 방이 이 정도로 넓으면 돼요. 房間這麼大就可以了。
一(으)면 안 되다	不行、不允許	▶ 接在動詞後，表示禁止。必須注意「一(으)면 안 되다」的反義形式不是「一(으)면 되다」，而是「一아／어／여도 되다」。	이것은 먹으면 안 돼요. 這個不可以吃。 여기는 들어가면 안 됩니다. 這裡不可以進去。
一(으)면 좋겠다	如果／要是…就好了	▶ 接在動詞或形容詞後，表示願望或希望。	지갑을 찾으면 좋겠어요. 如果找到錢包的話，就好了。 한국에 갔으면 좋겠어요. 如果能去韓國的話，就好了。
一(으)ㄴ지／는지／ㄹ지 알다／모르다	知道／不知道…（前面句子所指的事情）	▶「一(으)ㄴ지」接在形容詞或「이다」後。 ▶「는지」接在現在式動詞或過去時態的動詞及形容詞後。 ▶「(으)ㄹ지」接在未來式的動詞或形容詞後。	어느 건물이 더 높은지 알아요? 你知道哪棟建築物更高嗎? 혜미 씨가 지금 뭐 하는지 알아요? 知道惠美現在在做什麼嗎? 어디로 갈지 모르겠어요. 不知道將要去哪裡。 무엇을 먹을지 모르겠어요. 不知道要吃什麼。
一(으)ㄴ／는데	不過…	▶「一(으)ㄴ데」接在形容詞後;「一는데」接在動詞或「있다(有)、없다(沒有)」後。 ▶ 用來說明後面句子的背景或情況，做為事實或事件的提示。 ▶ 表示輕微的轉折。 ▶ 表示原因或根據。	이 옷이 예쁜데, 너무 비싸요. 這件衣服雖然漂亮，但太貴。 제가 지금은 시간이 없는데, 내일 다시 오시겠어요? 我現在沒有時間，請您明天再來可以嗎? 지금 점심을 먹는데, 같이 드실래요? 現在吃午飯，想一起吃嗎?
一(으)ㄴ 적이 있다／없다	有／沒有…過	▶ 接在動詞後，表示有無某種經歷。	이 노래를 들은 적이 있어요. 聽過這首歌。 한국 김치를 먹어 본 적이 있으세요? 有吃過韓國泡菜嗎? 그 사람을 만난 적이 없어요. 沒見過那個人。

－（으）ㄴ지＋ 時間＋되다	已經…	▶接在動詞後，表示某件事發生後又經過了多少時間。	한국에 온 지 1 년이 됐어요 . 來韓國已經 1 年了。 대학교를 졸업한 지 벌써 10 년이 지났어요 . 大學畢業已經 10 年了。
－（으）ㄴ 후에	…後	▶接在動詞後，表示與「－（으）ㄴ 후에」相連之動詞的動作先發生。	저녁을 먹은 후에 산책합시다 . 吃完晚飯後散步吧。 친구를 만난 후에 집에 갈게요 . 見過朋友之後回家。

表現某段期間內發生的事件			
	中譯	用法	例句
－는 길에 －는 길이다	在…的路上	▶用於動詞後，表示動作正在進行或持續。	집에 가는 길이에요 . 在回家的路上。 퇴근하는 길에 친구를 만났어요 . 在下班的途中遇到了朋友。
－는 동안	在…期間	▶用於動詞或「있다（有）、없다（沒有）」後，表示在某種行為或狀態持續的時間裡，發生了其它的事。	내가 없는 동안 무슨 일이 생겼어요 ? 我不在的時候發生了什麼事？ 아이가 자는 동안 어머니는 집안일을 끝냈어요 . 在孩子睡覺的時候，媽媽做完了家務。
－는 중이다 －는 중에	正在…	▶用於動詞後，表示動作正在進行或事情正在發生。	지금 가는 중이에요 . 現在正在趕去。 식사하는 중에 큰소리로 얘기하지 마세요 . 吃飯時不要大聲交談。

名詞＋慣用表現			
	中譯	用法	例句
名詞＋동안	…的期間	▶ 表示在前述動作或狀態持續期間，用於動詞和「있다（有）、없다（沒有）」之後。	버스를 기다리는 동안 서울 경치를 구경해요 . 我在等公車的時候觀看首爾風景。 저는 방학 동안 고향에 갔다왔어요 . 我在放假的時候去了一趟故鄉。
名詞＋때문에 名詞＋때문이다	因為…所以…	▶ 表示原因，後面不能接命令句或共動句。	매운 것을 잘 못 먹기 때문에 김치는 안 먹어요 . 因為我不能吃辣的，所以我不吃泡菜。 눈이 오기 때문에 집에 가세요 . (x)
名詞＋전에	…之前	▶ 表示前面的動作或狀態晚於後面的事實，不能與表示過去的「－았 / 었 / 였」連用。	밥을 먹기 전에 손을 씻으세요 . (o) 吃飯前先洗手。 밥을 먹었기 전에 손을 씻으세요 . (x)
名詞＋중에 名詞＋중이다	…中	▶ 表示某件事物進行中。	사장님은 지금 회의를 하시는 중입니다 . 老闆現在在開會。
名詞＋후에	…之後	▶ 表示前接的事物先於後接的動作，與「名詞＋다음에」用法相似。	졸업 후에 뭘 할 거예요 ? 你畢業後打算做什麼？ 식사 후에 드세요 . 請飯後食用。
－（이）라서	因為是、由於是	▶ 接於名詞後，表示原因、理由。	휴일이라서 출근하지 않습니다 . 因為是休息日，所以不上班。 친한 친구라서 생일 파티에 꼭 가 봐야 해요 . 因為是好朋友所以生日會我一定要去。
－（이）랑（같이）	和…（一起）	▶ 表示共同進行某行動的對象，跟「－와 / 과、－하고」用法相似。 前接的名詞如「有받침」，反則與「－이랑」結合。	언니랑 음식을 만들었어요 . 跟姊姊做菜。 친구들이랑 같이 쇼핑했어요 . 跟朋友們一起購物。
名詞＋을 / 를 위해（서）	表示行動的目的	▶ 不能與形容詞結合；也可以用「－기 위해（서）」的型態。	부모님을 위해서 열심히 공부하겠습니다 . 為了父母親，我要用功念書。 한국말을 배우기 위해서 한국에 왔어요 . 為了學韓國話來到了韓國。

動詞＋（으）ㄹ…			
	中譯	用法	例句
ー（으）ㄹ 거예요 ー（으）ㄹ 겁니다	將會…	▶ 用於第一人稱，表意志或打算。	저는 저녁에 영화를 볼 거예요． 我晚上要看電影。
	要…、 打算…	▶ 用於第二人稱疑問句，表詢問對方的意圖。	지금 점심을 먹을 거예요？ 你現在要吃午餐嗎？
	可能…	▶ 用於第三人稱，表說話者對某事物的推測。	이따가 아마 비가 올 거예요． 等一下可能會下雨。
ー（으）ㄹ게요	我來… 我會…	▶ 用於表示說話者的意志、決心、約定。能與動詞和「있다」連用，但不能和形容詞連用。	내일 갈게요． 我明天會去。 제가 할게요． 我來做。
ー（으）ㄹ 때	…的時候	▶ 接在動詞或形容詞後，表示某一情況發生的時間或實施某一動作的時間，或某事物存在的時間。 ▶「있다」只用於過去時態。	날씨가 좋을 때 소풍을 가자！ 天氣好的時候，去郊遊吧！ 거기에 갈 때 저도 데려가 주세요． 去那邊的時候，也請帶我去。 제가 대학생이었을 때 한국에 갔어요． 當我是大學生的時候，去過韓國。
ー（으）ㄹ래요	想、要	▶ 接在動詞後，表示主語的意志或意圖，多用於非正式的場合。	저는 여기에 앉을래요． 我想坐在這裡。 커피를 드실래요？ 要喝咖啡嗎？
ー（으）ㄹ 수 있다/ 없다	會 / 不會…、 能 / 不能…	▶ 接在動詞後，表示可能性或能力。	한국어로 편지를 쓸 수 있어요？ 你會用韓語寫信嗎？ 김치는 매워서 먹을 수 없어요． 泡菜辣，我不能吃。
ー（으）ㄹ 줄 알다/ 모르다	會 / 不會…、 能 / 不能…	▶ 接在動詞後，表（沒）有能力做（經過學習的）某事。	저는 한국 음식을 만들 줄 알아요． 我會做韓國菜。 수미 씨는 운전할 줄 몰라요． 秀美不會開車。

形容詞、動詞＋－（으）ㄴ／는／（으）ㄹ			
	中譯	用法	例句
－（으）ㄴ／는／（으）ㄹ 것 같다	好像…、可能…	▶ 表說話者對某事實或狀況的推測。	
		▶ －는： 接於動詞或「있다（有）、없다（沒有）」後，表示對現在某種事實或狀況的推測。	비가 오는 것 같아요. 現在好像在下雨。
		▶ －（으）ㄴ： 1. 接於形容詞後，表示對現在某種事實或狀況的推測。 2. 接於動詞後，表示對過去某種事實或狀況的推測。	비가 온 것 같아요. 好像要下雨。
		▶ －（으）ㄹ： 1. 接於動詞、形容詞、或「이다」後，表示對未來某種事實或狀況的推測。 2. 但若接於「－았／었／였（過去式）」後，表示對過去、現在某種事實或狀況的推測。	비가 올 것 같아요. 好像要下雨。 비가 왔을 것 같아요. 可能下過雨。

文法格子趣

終結語尾（종결어미）

用於終結一個句子。按照句子類型可分為平述句、疑問句、祈使句（命令句）、共動句、感嘆句等語氣的表達。

		陳述句	疑問句	祈使句	共動句
正式場合或特別尊敬的對象	動詞	ㅡㅂ/습니다	ㅡㅂ/습니까	ㅡ（으）십시오	ㅡ（으）ㅂ시다
	形容詞	ㅡㅂ/습니다	ㅡㅂ/습니까	ㅡ	ㅡ
	體言（名詞/代名詞/數詞）	ㅡ입니다	ㅡ입니까	ㅡ	ㅡ
非正式場合或一般尊敬的對象	動詞	ㅡ아/어/여요	ㅡ아/어/여요	ㅡ아/어/여요	ㅡ아/어/여요
	形容詞	ㅡ아/어/여요	ㅡ아/어/여요	ㅡ	ㅡ
	體言（名詞/代名詞/數詞）	ㅡ예요/이에요	ㅡ예요/이에요	ㅡ	ㅡ

語尾	用法	例句
ㅡㅂ/습니다	▶ 用於平述句中，常用於比「ㅡ아/어/여요」更為正式及需要鄭重恭敬的說話場合。 ▶「ㅡ습니다」用於有尾音的詞根後，「ㅡㅂ니다」則接在沒有尾音的詞根後。	이 책이 더 좋습니다. 這本書更好。 저는 지금 학교에 갑니다. 我現在去學校。
ㅡㅂ/습니까？	▶ 用於疑問句中，常用於比「ㅡ아/어/여요」更為正式及需要鄭重恭敬的說話場合。 ▶ 聽者比自己身分地位高、年齡大，或是需要表示恭敬的態度時，可在前面加「ㅡ시」成為「ㅡ십니까？」的型態。 ▶「ㅡㅂ니까？」用於沒有尾音的詞根後，「ㅡ습니까？」則接在有尾音的詞根後。	지금 어디에 가십니까？ 現在您要去哪裡？ 오후에 수업이 있습니까？ 下午有課嗎？
ㅡ（으）ㅂ시다	▶ 接在動詞詞根後，表示建議對方一起做某事，或對對方的提議給予肯定的回答。 ▶ 對長輩或職位高的人很少使用。	점심에 불고기를 먹읍시다. 中午吃烤肉吧。 이 영화를 봅시다. 看這部電影吧。

―（으）세요	▶ 為「―아／어／여요」的敬語形式，可用於平述句、疑問句、命令句、祈使句中。 ▶ 用於動詞詞根後，表示命令、請求或拜託對方做某事。	아버지가 집에 계세요. 爸爸在家。 어디에 가세요? 你去哪裡? 여기에 앉으세요. 請坐在這裡。
―（으）십시오	▶ 為命令句的敬語形式，常用於正式及需要鄭重恭敬的說話場合。 ▶ 用於動詞詞根後，表示命令、請求或拜託對方做某事。	이쪽으로 오십시오. 請往這裡走。 식사할 때 과일과 채소를 함께 드십시오. 用餐時，請一起吃水果和蔬菜。
―지요（= 죠）	▶ 表示說話者對聽者所知的事實向聽者提問，或就自己所知的事實向聽者提問，以求得聽者的確認。	여기가 동대문시장 맞지요? 這邊是東大門市場吧? 내일 학교에 올 거지요? 明天會來學校吧?
	▶ 表示命令、勸誘聽者做某種行為。	한 잔 더 하시지요 (= 하시죠). 再喝一杯吧。 저쪽으로 가 보시지요 (= 보시죠). 您到那邊去看看吧。
	▶ 提議或要求聽者和自己一起做某事。	바쁘지 않으면 같이 가시지요 (= 가시죠). 不忙的話，一起去吧。 이리 와서 같이 차 한 잔 하시지요 (= 하시죠). 到這邊一起喝杯茶吧。
―아／어／여요	▶ 「해요체（微敬階）」的終結語尾，表示句子的終結，按照用言（動詞、形容詞）結束的詞根不同而有所不同。 ▶ 「가다（去）、오다（來）」等詞根最後的母音是以「ㅏ／ㅗ」結尾的就加「―아요」；「ㅏ／ㅗ」以外的，如「먹다（吃）」就加「―어요」，成為「먹어요」；「하다（做）」則是加「―여요」，可縮寫成「해요」。	오빠는 학교에 가요? 哥哥去學校嗎? 저는 의자에 앉아요. 我坐在椅子上。 친구가 공부해요? 朋友在學習嗎?
―이에요／예요	▶ 「名詞＋―이에요／예요」，是「是…」的意思。 ▶ 沒有尾音的名詞後加「―예요」，有尾音的名詞後加「―이에요」。	집이 어디예요? 家在哪裡? 저는 학생이에요. 我是學生。
―아니에요	▶ 「―이에요／예요」的否定形式，相當於中文的「不是…」，前面會與主格助詞「―이／가」結合。	이것은 김치가 아니에요. 這不是泡菜。 저는 학생이 아니에요. 我不是學生。

其他重要終結語尾（기타 종결어미）		
	用法	例句
−군요/는군요	▶ 用於動詞、形容詞後，表示感嘆。	식당이 매우 넓군요. 餐廳真是寬敞啊。 한국말을 참 잘하는군요. 韓國語說得真好啊！
−（으）ㄴ/는데요	▶ 用於動詞、形容詞或「있다」後，表示對看到的情況感到略為驚訝，或因意外而感嘆。	모자가 아주 예쁜데요. 帽子真漂亮。 아주 멋진 남자인데요. 非常帥氣的男子。
−（으）ㄹ까요？	▶ 用於動詞後，表示詢問對方的意見或提出自己的建議。	내일 만날까요？ 明天見面好嗎？ 영화를 보러 갈까요？ 去看電影好嗎？
	▶ 主語是第三人稱時，用來表示對主語的狀態之推測。	선생님께서 지금 주무실까요？ 老師現在在睡覺嗎？ 이 것이 무엇일까요？ 這是什麼呢？
−（으）ㄹ게요	▶ 用於表示說話者的意志、決心、約定。能與動詞和「있다」連用，但不能和形容詞結合使用。相當於中文的「我來⋯、我會⋯」。	내일 갈게요. 我明天會去。 제가 할게요. 我來做。
−（으）ㄹ래요	▶ 用於動詞後，表示詢問對方對某件事或某種選擇的意向、意見。	뭐 마실래요？ 你要喝什麼？ 저 영화 볼래요？ 你想看那部電影嗎？

其他語尾（기타 어미）			
		用法	例句
副詞形 語尾	一게	▶ 接在形容詞後，使這個形容詞具有副詞的性質，可用來修飾動詞或形容詞。	맛있게 드세요. 請好好享用。 예쁘게 해 주세요. 請幫我弄得漂亮些。
名詞形 語尾	一기	▶ 接在動詞後，使動詞轉換成名詞，轉換後的名詞可做主詞或受詞。	말하기, 쓰기, 읽기, 듣기 중에서 쓰기가 제일 어려워요. 說、寫、讀、聽當中，寫是最難的。 바다에서 수영하기가 힘들어요. 在海邊游泳很辛苦。
先語末 語尾	一겠一	▶ 主詞是第一、第二人稱時，「一겠一」表示說話者的意圖或意志，用於疑問句中時則表示鄭重地詢問聽者的意圖。	제가 하겠습니다. 我要做。 뭘 드시겠어요? 您想吃點什麼嗎？
		▶ 主詞是第二、第三人稱時，「一겠一」表示說話者對於文章的主詞所做的推測。	내일 오후부터 비가 오겠습니다. 明天下午起會下雨。 요즘 많이 바쁘시겠어요. 近來很忙吧？
先語末 語尾	一（으） 시一	▶ 接在動詞後，表示對主語的尊敬 部分單詞不用「一（으）시一」的形式，而是有特定的敬語形式來代替： 먹다 → 잡수시다（吃） 자다 → 주무시다（睡覺） 있다 → 계시다（在） 아프다 → 편찮다（不舒服）	아직도 일하십니까? 您還在工作嗎？ 언제 오셨어요? 您何時來的？ 사장님께서 찾으시면 알려 주세요. 老闆找我的話，請讓我知道。
先語末 語尾	一았 / 었 / 였一	▶ 用於表示過去發生過的狀況或已經完成的情況。	어제 한국에 갔어요. 昨天去了韓國。 저녁 먹었어요? 吃晚飯了嗎？

否定（부정법）		
	用法	例句
못	▶ 放在動詞前面，表示自己做不了的事、不可能的事，也可表示強烈的反對或拒絕。 ▶ 在「名詞＋하다」的動詞型態中，使用「名詞＋－를／을＋못＋하다」的形式。	아파서 학교에 못 갔어요. 因為不舒服，所以無法去學校。 그 모임에는 못 가겠습니다. 不能去參加那個聚會了。 태우 씨는 공부를 못해요. 泰宇學習不好。
아니다	▶ 用於否定「名詞＋이다」做敘述詞的句子，變成「名詞이／가 ＋ 아니다」。	저는 대학생이 아닙니다. 我不是大學生。 저 건물은 우체국이 아니에요. 那棟建築不是郵局。
안	▶ 表示否定，一般用於動詞或形容詞的前面。 ▶ 當動詞是「名詞＋하다」的形式時，使用「名詞＋－를／을＋안＋하다」的形式。	안 바빠요. 不忙。 밥을 안 먹어요. 不吃飯。 일을 안 해요? 不工作嗎?
－지 않다	▶ 用於動詞或形容詞後，表示否定。	동생이 주스를 마시지 않아요. 弟弟不喝果汁。 오늘 날씨가 좋지 않아요. 今天天氣不好。 이 옷은 예쁘지 않아요. 這件衣服不漂亮。 내일 학교에 가지 않을 거예요. 明天不會去學校。
－지 말다 －지 마세요	▶ 和動詞連用，用於祈使句的否定，表示命令或勸誘聽者不要做某種行為，有「別、不要」的意思。	지하철을 타지 마세요. 請不要乘坐地鐵。 지금 가지 마세요. 請不要現在去。
－지 맙시다	▶ 用於共動句的否定，表示說話者勸誘聽者和自己一起不做某種行為，有「（我們）別、（我們）不要」的意思。	오늘은 운동을 하지 맙시다. 今天別做運動了。 우리 텔레비전을 보지 맙시다. 我們別看電視了。 오늘 우리 지하철을 타지 맙시다. 今天我們別坐地鐵了。
－지 못하다	▶ 用於動詞後表示否定。	지난 주말에 영화를 보지 못했어요. 上週末沒能看到電影。

句子為文章的基本單位，是透過單字和單字間有秩序地排列來傳達內容，因此為了構成有意義的句子，需要主語、敘述語、目的語、補語等要素。

主語敘述語是句子的最根本要素，在這個基礎上，可以再添加其他要素來構成一個句子，例如添加目的語、補語、副詞等，所以韓文可分析下列五種基本句型，熟悉這些基本句型有助於正確地造句或清楚分析「읽기（閱讀）」的長句子。

通常主語是表示動作或狀態的主體；而敘述語可以是動詞、形容詞、名詞＋「이다」。

주어 + 서술어 （主語＋敘述語）	비가 온다 . 下雨。 하늘이 파랗다 . 天空藍。 내 고향은 대만이다 . 我的故鄉是台灣。
주어 + 부사어 + 서술어 （主語＋副詞＋敘述語）	나는 모임에 참석했다 . 我參加了聚會。 물이 얼음으로 변했다 . 水變成了冰塊。 우리 동생은 나와 닮았다 . 我弟弟（妹妹）跟我長得很像。
주어 + 목적어 + 서술어 （主語＋目的語＋敘述語）	내가 이 책을 썼다 . 我寫了這本書。 어머니가 청소를 했다 . 媽媽打掃了。 수현은 미영를 사랑한다 . 秀賢愛美英。
주어 + 보어 + 서술어 （主語＋補語＋敘述語）	형이 대학생이 되었다 . 哥哥變成大學生了。 이 사람은 철수가 아니다 . 這個人不是哲洙。 이것은 내 휴대폰이 아니다 . 這個不是我的手機。
주어 + 목적어 + 부사어서술어 （主語＋目的語＋副詞＋敘述語）	승기는 꽃을 윤아에게 주었다 . 昇基送允兒花。 아이는 용돈을 저금통에 넣었다 . 孩子們把錢放進撲滿。 강선생님은 정민을 제자로 삼았다 . 將老師把政閔收為學生。

6

聽力原文

實戰模擬試卷 1

實戰模擬試卷 1 實戰模擬試卷 1

※ [1~4] 다음을 듣고 〈보기〉와 같이 물음에 맞는 대답을 고르십시오. (각 3점)

─── 〈보기〉 ───

가 : 식사를 해요?

나 : _____

❶ 네, 식사를 해요.　　　　　　② 아니요, 식사해요.

③ 네, 식사가 아니에요.　　　　④ 아니요, 식사를 좋아해요.

1.　남자 : 이게 뭐예요?

　　여자 : _____

① 이게 커피예요.　　　　　　② 글쎄요. 커피 마셔요.

③ 아니요, 커피를 마셔요.　　④ 아니요, 커피가 아니에요.

2.　남자 : 지금 회사에 있어요?

　　여자 : _____

① 네, 회사예요.　　　　　　② 아니요, 회사에 없었어요.

③ 아니요, 회사에 안 가요.　④ 네, 회사에 없어요.

3.　여자 : 누구를 기다려요?

　　남자 : _____

① 조금 기다렸어요.　　　　　② 친구를 기다려요.

③ 백화점에서 기다려요.　　　④ 오빠가 기다렸어요.

4.

여자 : 언제 영화를 볼 거예요?

남자 : _____

① 일이 있어요.　　　　　　② 내일 봤어요.

③ 오늘 끝나요.　　　　　　④ 내일 볼 거예요.

※ [5~6] 다음을 듣고 〈보기〉와 같이 다음 말에 이어지는 것을 고르십시오. (각 3점)

─── 〈보 기〉 ───

가 : 안녕히 가세요.

나 : _____

① 네, 좋아요.　　　　　　② 네, 고마워요.

③ 네, 안녕하세요?　　　　❹ 안녕히 계세요.

5.

가 : 실례합니다. 여기가 명동이에요?

나 : _____

① 네, 죄송합니다.　　　　　② 네, 명동 역이 없습니다.

③ 아니요, 여기는 신촌입니다.　④ 아니요, 맞습니다.

6.

가 : 정말 미안해요.

나 : _____

① 아니요, 말씀하세요.　　　② 네, 좋아요.

③ 네, 그래요.　　　　　　④ 아니에요. 괜찮아요.

※ [7~10] 여기는 어디입니까? 〈보기〉와 같이 알맞은 것을 고르십시오. (각 3점)

〈보기〉

가 : 어디가 아프세요?

나 : 배가 아파요.

① 가게　　　　② 빵집　　　　❸ 병원　　　　④ 시장

7.　남자 : 무슨 과일을 살까요?

　　여자 : 사과하고 바나나가 어때요?

　　① 식당　　　　② 슈퍼마켓　　　　③ 커피숍　　　　④ 옷가게

8.　여자 : 공포영화가 어때요?

　　남자 : 미안해요. 전 코미디영화가 더 좋은데요.

　　① 공항　　　　② 서점　　　　③ 우체국　　　　④ 영화관

9.　남자 : 손님, 어떤 스타일로 해 드릴까요?

　　여자 : 짧게 잘라 주세요.

　　① 미용실　　　　② 식당　　　　③ 백화점　　　　④ 가게

10.　여자 : 실례합니다, 여기서 신촌에 어떻게 가요?

　　남자 : 여기에서 1호선을 타세요. 그리고 다시 2호선으로 갈아타세요.

　　① 약국　　　　② 은행　　　　③ 버스정류장　　　　④ 지하철역

TOPIK I ▶ **154**

※ [11~14] 다음은 무엇에 대해 말하고 있습니까? 〈보기〉와 같이 알맞은 것을 고르십시오. (각 3점)

〈보 기〉

가 : 누구예요?

나 : 이 사람은 형이고, 이 사람은 동생이에요.

❶ 가족   ② 이름   ③ 고향   ④ 소포

11.

여자 : 국내에서 2박 3일로 여행할 수 있는 곳 좀 추천해 주세요.

남자 : 제주도나 부산 여행이 어때요?

① 도시   ② 여행   ③ 시간   ④ 나라

12.

남자 : 저는 가을을 제일 좋아해요.

여자 : 그래요? 저는 여름을 제일 좋아해요.

① 시간   ② 날씨   ③ 취미   ④ 계절

13.

남자 : 그분하고 처음에 어떻게 만나셨어요?

여자 : 같은 학교에 다녔어요.

① 친구   ② 고향   ③ 주소   ④ 약속

14.

여자 : 여기는 값도 싸고 음식도 맛있네요.

남자 : 그래요? 그럼 다음에 또 올까요?

① 호텔   ② 직업   ③ 값   ④ 식당

模擬試卷聽力原文

※ [15~16] 다음 대화를 듣고 알맞은 그림을 고르십시오. (각 3 점)

15.

남자 : 어제 뭐 했어요 ?

여자 : 공원에서 친구하고 같이 베드민턴을 쳤어요 .

①

②

③

④

16. 남자 : 손님 , 뭐 시키실 거예요 ?
여자 : 불고기 하나 주세요 .

①

②

③

④

※ [17~21] 다음을 듣고 〈보기〉와 같이 대화 내용과 같은 것을 고르십시오.

─── 〈보 기〉 ───

남자 : 요즘 한국어를 공부해요?

여자 : 네, 한국 친구한테서 한국어를 배워요.

① 남자는 학생입니다.　　　　② 여자는 학교에 다닙니다.

③ 남자는 한국어를 가르칩니다.　❹ 여자는 한국어를 공부합니다.

17. (3점)

여자 : 어제 왜 수업에 안 왔어요?

남자 : 몸이 아파서 병원에 가야 했어요.

① 여자는 어제 많이 아팠습니다.

② 여자는 어제 수업에 안 왔습니다.

③ 남자는 어제 병원에 갔습니다.

④ 남자는 어제 수업에 왔습니다.

18. (3점)

여자 : 어떤 음식을 좋아하세요?

남자 : 저는 한국음식을 좋아해요?

여자 : 그래요? 그럼 만들 줄도 아세요?

남자 : 네, 그런데 잘 못해요.

① 여자는 음식을 만들 줄 모릅니다.

② 여자는 한국음식을 좋아합니다.

③ 남자는 한국요리를 잘합니다.

④ 남자는 한국요리를 할 줄 압니다.

19. (3 점)

> 여자 : 미안한데, 돈 좀 빌려 주세요.
>
> 남자 : 어디에 쓰려고 해요?
>
> 여자 : 방세를 내야 하는데 월급을 아직 못 받아서요.
>
> 남자 : 그래요? 그럼 언제 갚으실 거예요?

① 남자는 집을 샀습니다.

② 여자는 돈을 빌려줬습니다.

③ 여자는 돈이 필요합니다.

④ 남자는 돈을 갚을 겁니다.

20. (3 점)

> 남자 : 여보세요? 혹시 이미 도착했어요?
>
> 여자 : 네, 지금 커피숍 안에 있어요.
>
> 남자 : 어떻게 하죠? 지금 차가 너무 막혀서요.
>
> 여자 : 할 수 없죠. 천천히 오세요.
>
> 남자 : 정말 죄송해요.

① 남자는 지금 지하철을 탔습니다.

② 여자는 천천히 옵니다.

③ 남자는 약속 장소에 늦었습니다.

④ 여자는 남자를 안 기다립니다.

21. (4 점)

> 남자 : 미림 씨는 요즘 어떻게 지내세요 ?
> 여자 : 저는 요즘 요가를 배우고 있어요 .
> 남자 : 그러세요 ? 갑자기 왜 요가를 배우세요 ?
> 여자 : 요즘 건강이 안 좋아서 건강해지려고 요가를 배워요 .
> 남자 : 요가가 어렵지 않아요 ?
> 여자 : 처음에는 힘들었지만 지금은 하나도 어렵지 않아요 .

① 남자는 요가가 어렵습니다 .
② 여자는 지금 요가가 너무 쉽습니다 .
③ 남자와 여자는 요가를 배울 겁니다 .
④ 여자는 지금 건강이 좋습니다 .

※ [22~24] 다음을 듣고 대화 내용과 같은 것을 고르십시오 . (각 4 점)

22.
> 여자 : 어머 ! 밖에 비가 오네요 .
> 남자 : 혹시 우산 가지고 왔어요 ?
> 여자 : 아니요 , 아침에 나올 때 비가 안 왔어요 .
> 남자 : 그럼 제 우산 드릴게요 .

① 남자는 여자에게 우산을 줬습니다 .
② 남자도 우산이 없습니다 .
③ 여자는 남자에게 우산을 줬습니다 .
④ 여자는 우산이 있습니다 .

23. 여자 : 이 잡지에서 소개한 여행지가 정말 괜찮네요. 한번 가 보고 싶어요.

남자 : 아, 거기요. 제가 가 봤는데 정말 좋아요. 그런데 좀 비싸요.

여자 : 여기에서 유명한 드라마도 자주 찍어서 인기가 많은 것 같아요.

남자 : 그럼 한 번 가 보세요.

① 여자는 지금 드라마를 구경하려고 합니다.

② 여자는 드라마를 보고 그 여행지를 알았습니다.

③ 남자는 그 여행지가 너무 비싸서 안 갔습니다.

④ 그 여행지는 인기가 많지만 좀 비쌉니다.

24. 여자 : 약속 시간이 다 됐는데 길이 너무 막히네요.

남자 : 지금 퇴근 시간이라서 그래요.

여자 : 그럼 혹시 다른 길은 없을까요?

남자 : 글쎄요. 그럼 여기에서 내려서 지하철을 타세요.

① 여자는 지금 지하철을 탔습니다.

② 여자는 길이 막혀서 걱정합니다.

③ 여자는 약속을 취소할 겁니다.

④ 남자는 퇴근했습니다.

※ [25~26] 다음을 듣고 물음에 답하십시오. (각 4 점)

> 여자 : 저희 "작은 동물원"을 방문해 주셔서 감사합니다. 관람 시간은 오전 11 시부터 오후 4 시까지입니다. 동물원을 구경하실 때에는 몇 가지 주의사 항이 있는데 꼭 주의하시기 바랍니다. 먼저 동물들에게 너무 가깝게 가지 마시고, 음식을 아무거나 주시면 안 됩니다. 그리고 너무 큰소리로 말하 면 동물들이 놀랄 수도 있습니다. 사진촬영은 가능합니다. 그럼 이쪽부터 천천히 구경하시기 바랍니다.

25. 어떤 이야기를 하고 있는지 고르십시오.

① 감사   ② 초대   ③ 안내   ④ 계획

26. 들은 내용과 같은 것을 고르십시오.

① 동물원 관람은 아침 일찍부터 오후 늦게까지 할 수 있습니다.
② 동물들은 사진을 찍을 수 없고 볼 수만 있습니다.
③ 동물들은 음식을 좋아해서 주면 됩니다.
④ 동물원에서는 시끄럽게 이야기하면 안 됩니다.

※ [27~28] 다음을 듣고 물음에 답하십시오. (각 4 점)

> 남자 : 아이들이 방학인데 뭘 하면 좋을까요?
>
> 여자 : 글쎄요. 그럼 놀이공원에 가 보는 건 어때요?
>
> 남자 : 놀이공원은 사람들이 많으니까 좀 복잡할 것 같아요.
>
> 여자 : 그럼 자연 체험 프로그램은 어때요? 아이들은 직접 산에서 식물이나 곤충을 손으로 만질 수 있어서 교육에도 좋은 것 같아요.

27. 두 사람이 무엇에 대해 이야기하고 있는지 고르십시오.

① 아이들 교육 문제   ② 방학 계획

③ 방학을 같이 보낼 사람   ④ 이번 방학 때 가고 싶은 곳

28. 들은 내용과 같은 것을 고르십시오.

① 남자는 방학 때 아이들 모임에 가려고 합니다.

② 여자는 놀이공원에서 방학을 보낼 겁니다.

③ 여자는 자연 체험 프로그램을 추천했습니다.

④ 남자는 가족들과 함께 안 복잡한 곳에 가려고 합니다.

※ [29~30] 다음을 듣고 물음에 답하십시오 . (각 4 점)

여자 : 이 집은 공기도 좋고 근처에 나무도 많아서 경치가 참 좋네요 .

남자 : 맞아요 . 하지만 교통이 좀 불편해서 힘들어요 .

여자 : 왜요 ? 자동차가 있으면 문제 없지 않아요 ?

남자 : 자동차로 회사까지 너무 멀어요 . 그리고 근처에 슈퍼마켓이나 백화점이 없어서 시내까지 나가야 돼요 .

여자 : 그런데 도시에 이런 깨끗한 공기가 있을까요 ? 저는 시골이 더 좋은 것 같아요 .

남자 : 맞아요 . 공기가 좋아서 건강에도 좋고 생활도 복잡하지 않지요 . 그래서 저도 그냥 여기서 계속 살려고 해요 .

---

29. 여자는 왜 시골이 더 좋습니까 ?

① 시내보다 조용해서

② 시골은 공기가 좋아서

③ 시내를 싫어해서

④ 자동차로 다니고 싶어서

30. 들은 내용과 같은 것을 고르십시오 .

① 남자는 교통이 편리한 곳에서 살려고 합니다 .

② 남자는 집이 시골이라서 회사까지 멉니다 .

③ 여자는 시골로 이사하려고 합니다 .

④ 남자는 교통이 불편해서 시골이 싫습니다 .

※ [1~4] 다음을 듣고 〈보기〉와 같이 물음에 맞는 대답을 고르십시오. (각 3 점)

〈보 기〉

가 : 식사를 해요 ?

나 : _____

❶ 네 , 식사를 해요 .　　　　　② 아니요 , 식사해요 .

③ 네 , 식사가 아니에요 .　　　④ 아니요 , 식사를 좋아해요 .

1.　**남자 : 지금 운동해요 ?**

　　여자 : _____

① 네 , 운동을 안 좋아해요 .　　　② 네 , 운동해요 .

③ 아니요 , 운동을 좋아해요 .　　④ 아니요 , 운동했어요 .

2.　**남자 : 오늘 쉬어요 ?**

　　여자 : _____

① 네 , 쉬어요 .　　　　　　　　② 네 , 회사에 있어요 .

③ 아니요 , 집에서 쉬어요 .　　　④ 아니요 , 집에 있어요 .

3.　**여자 : 밖에 누가 왔어요 ?**

　　남자 : _____

① 아니요 , 엄마가 있어요 .　　　② 네 , 친구가 왔어요 .

③ 차가 많이 있어요 .　　　　　④ 다 갔어요 .

模擬試卷聽力原文

4.

여자 : 다음주에 이사갈 거예요 ?

남자 : _____

① 아니요 , 이번주에 이사갈 거예요 .　② 네 , 어제 이사했어요 .

③ 네 , 다음주에 바빠요　　　　　④ 아마 오늘 이사했어요 .

※ [5~6] 다음을 듣고 〈 보기 〉와 같이 다음 말에 이어지는 것을 고르십시오 . (각 3 점)

──〈 보 기 〉──

가 : 안녕히 가세요 .

나 : _____

① 네 , 좋아요 .　　② 네 , 고마워요 .

③ 네 , 안녕하세요 ?　❹ 안녕히 계세요 .

5.

가 : 여기가 어디예요 ?

나 : _____

① 네 , 죄송합니다 .　　② 여기는 동대문이에요 .

③ 아니요 , 여기는 은행이에요 .　④ 아니요 , 모르겠습니다 .

6.

가 : 그동안 어떻게 지내셨어요 ?

나 : _____

① 잘 지냈어요 .　　② 네 , 잘 몰라요 .

③ 네 , 그래요 .　　④ 아니에요 , 괜찮아요 .

─── 〈보기〉───

가 : 어디가 아프세요?

나 : 배가 아파요.

① 가게　　　　② 빵집　　　　❸ 병원　　　　④ 시장

7.

남자 : 이 신발 어때요?

여자 : 예뻐요. 그런데 좀 비싸요.

① 식당　　　　② 극장　　　　③ 커피숍　　　　④ 가게

8.

여자 : 손님, 어디가 아프세요?

남자 : 머리가 너무 아파요.

① 약국　　　　② 가게　　　　③ 우체국　　　　④ 영화관

9.

남자 : 뭐 드실 거예요?

여자 : 커피 두 잔 주세요.

① 미용실　　　　② 꽃집　　　　③ 가게　　　　④ 커피숍

10.

여자 : 실례합니다. 오후 5시 표 한 장 주세요.

남자 : 네, 여기 있습니다.

① 지하철역　　　　② 은행　　　　③ 기차역　　　　④ 백화점

模擬試卷聽力原文

※ [11~14] 다음은 무엇에 대해 말하고 있습니까 ? 〈 보기 〉와 같이 알맞은 것
을 고르십시오 . (각 3 점)

─── 〈 보 기 〉 ───

가 : 누구예요 ?

나 : 이 사람은 형이고 , 이 사람은 동생이에요 .

❶ 가족   ② 이름   ③ 고향   ④ 소포

11.

여자 : 이분이 누구세요 ?

남자 : 제 친구 왕청동 씨예요 .

① 나이   ② 직업   ③ 친구   ④ 학생

12.

남자 : 제 생일이 5 월 11 일이에요 . 그날 시간 있어요 ?

여자 : 네 , 언제 만날까요 ?

① 예약   ② 약속   ③ 친구   ④ 장소

13.

남자 : 어떤 운동을 싫어하세요 ?

여자 : 저는 야구를 싫어해요 .

① 취미   ② 고향   ③ 주소   ④ 운동

14.

여자 : 이 구두 얼마예요 ?

남자 : 2 만 원이에요 .

① 가족   ② 가격   ③ 계획   ④ 위치

※ [15~16] 다음 대화를 듣고 알맞은 그림을 고르십시오. (각 3 점)

15.

남자 : 결혼을 축하드립니다 .

여자 : 와 주셔서 감사합니다 .

①

②

③

④

16. 남자 : 혹시 여기가 불편하세요?

여자 : 네, 거기가 너무 아파요.

①

②

③

④

※ [17~21] 다음을 듣고 〈보기〉와 같이 대화 내용과 같은 것을 고르십시오.

─────〈보 기〉─────

남자 : 요즘 한국어를 공부해요?

여자 : 네. 한국 친구한테서 한국어를 배워요.

① 남자는 학생입니다.　　　　② 여자는 학교에 다닙니다.

③ 남자는 한국어를 가르칩니다.　❹ 여자는 한국어를 공부합니다.

17. (3점)

여자 : 지금 어디에 가요?

남자 : 조금 후에 손님이 와서 과일을 사러 시장에 가요.

① 여자는 물건을 사러 갑니다.

② 여자는 시장에 갑니다.

③ 남자 집에 손님이 안 올 겁니다.

④ 남자는 과일을 살 겁니다.

18. (3점)

여자 : 요즘도 운동 많이 해요?

남자 : 아니요, 바빠서 자주 못 해요?

여자 : 그럼, 이번 주에 같이 운동할까요?

남자 : 미안해요. 이번 주에도 일해야 해요.

① 여자는 남자하고 일을 합니다.

② 여자는 운동을 좋아합니다.

③ 남자는 요즘 일이 많습니다.

④ 남자는 여자하고 운동하고 싶습니다.

19. (3 점)

> 여자 : 어머, 유승 씨, 여기 웬일이세요?
> 남자 : 저는 오늘부터 수영을 배우려고 여기에 왔어요. 채원 씨는요?
> 여자 : 저는 지난달부터 라틴 댄스를 배우고 있어요.
> 남자 : 그래요? 이따가 수업이 끝난 다음에 같이 커피 한잔 해요.

① 남자는 수영을 가르치고 있습니다.
② 여자는 오늘부터 라틴 댄스를 배웁니다.
③ 남자는 여자하고 커피를 마시고 싶습니다.
④ 여자는 남자와 자주 만났습니다.

20. (3 점)

> 남자 : 혹시 제 친구 환수 씨 보셨어요?
> 여자 : 네, 아까 서점 앞 편의점에서 봤어요.
> 남자 : 몇 시쯤에 봤어요?
> 여자 : 3 시쯤에 편의점에서 커피를 사고 있었어요.
> 남자 : 알겠어요. 고마워요.

① 남자는 지금 서점에 갑니다.
② 여자는 3 시에 편의점에 있었습니다.
③ 편의점에서 환수 씨하고 커피를 샀습니다.
④ 편의점은 서점 안에 있습니다.

21. (4 점)

남자 : 실례지만, 취미가 어떻게 되세요?

여자 : 특별한 취미가 없지만 요즘 사진 찍는 것을 좋아해요.

남자 : 정말이요? 저도 좋아하는데 우리 내일 바다에 사진 찍으러 갈까요?

여자 : 그런데 내일 비가 오면 어떻게 하죠?

남자 : 비가 오면 어때요? 그냥 가요.

여자 : 그럼, 내일 일기 예보를 보고 결정하는 게 어때요?

① 남자는 비가 오면 바다에 안 갈 겁니다

② 여자는 취미가 사진 찍는 것입니다.

③ 남자와 여자는 내일 바다에 갈 겁니다.

④ 여자는 비가 오면 바다에 안 가고 싶습니다.

22. 여자 : 와! 여기 노트북 종류가 많아요. 뭘로 살까요?

    남자 : 글쎄요. 이건 너무 비싸고 저건 너무 구형이에요.

    여자 : 그럼 이건 어때요?

    남자 : 좋아요. 가격도 괜찮고 디자인도 예쁘네요.

① 여자하고 남자는 백화점에 있습니다.

② 남자는 좋아하는 노트북을 찾았습니다.

③ 여자는 비싼 노트북을 샀습니다.

④ 남자는 오래된 디자인이 싫습니다.

23. 여자 : 여보세요, 서울 호텔입니다.

    남자 : 지금 방이 있어요?

    여자 : 1 인실은 이미 만원이고요, 2 인실 2 개만 있습니다.

    남자 : 저는 혼자라서 2 인실은 필요없는데요.

① 남자는 1 인실이 필요합니다.

② 여자는 호텔 방 가격을 소개했습니다.

③ 1 인실 가격은 만 원입니다.

④ 남자는 호텔 방을 예약했습니다.

24. 여자 : 어서 오세요. 어떻게 오셨어요?

    남자 : 왕 사장님을 만나러 왔는데요.

    여자 : 죄송하지만 지금 자리에 안 계세요. 어떡하죠?

    남자 : 그럼 다음에 다시 올게요.

① 남자는 회사에 출근했습니다.

② 여자는 지금 바쁩니다.

③ 남자는 그냥 돌아갈 겁니다.

④ 여자는 사장님을 걱정합니다.

> 이곳 박물관의 모든 공간에서는 금연입니다 . 또 전시실 입장 전에는 휴대전화를 꺼 주시거나 진동으로 전환해 주십시오 . 사진 촬영은 가능합니다 . 그리고 박물관 실내에서 자전거나 인라인스케이트를 이용할 수 없고 애완동물 출입이 안 됩니다 . 마지막으로 쾌적한 관람 환경을 위하여 실내나 야외에서 식사를 하실 수 없습니다 . 그럼 즐거운 관람 되시기 바랍니다 .

25. 어떤 이야기를 하고 있는지 고르십시오 .

① 감사   ② 초대   ③ 계획   ④ 안내

26. 들은 내용과 같은 것을 고르십시오 .

① 박물관 안에서는 식사를 할 수 없지만 밖에서는 괜찮습니다 .
② 개는 박물관에 들어갈 수 없습니다 .
③ 전시실에서는 핸드폰 통화를 할 수 있습니다 .
④ 담배를 피울 수 없고 사진도 찍으면 안 됩니다 .

模擬試卷聽力原文

※ [27~28] 다음을 듣고 물음에 답하십시오. (각 4 점)

> 남자 : 자원봉사자를 찾는 광고를 보고 왔는데요.
>
> 여자 : 아, 그래요? 여기 앉으세요. 먼저 여기 신청서를 작성해 주세요.
>
> 남자 : 언제쯤 결과를 알 수 있을까요?
>
> 여자 : 신청서를 확인 후 전화로 2 일 안에 결과를 알려드리고 있어요. 그리고 2 시간 정도 기초교육을 받은 후에 바로 활동할 수 있어요.

27. 두 사람이 무엇에 대해 이야기하고 있는지 고르십시오.

① 참가 안내　　　　　　　② 활동 장소

③ 참가 자격　　　　　　　④ 참가 이유

28. 들은 내용과 같은 것을 고르십시오.

① 남자는 아르바이트 광고를 보고 왔습니다.

② 여자는 자원봉사를 좋아합니다.

③ 신청서를 작성 후 바로 활동할 수 있습니다.

④ 남자는 2 일 후에 그 결과를 알 수 있습니다.

여자 : 김지훈 씨는 왜 우리 회사에 지원하셨어요 ?

남자 : 옛날부터 저는 아이들 교육에 관심이 많았습니다 .

여자 : 그럼 집에 아이가 몇 명 있으세요 ?

남자 : 아이는 없지만 아이들을 좋아하고 , 전에 학원에서 아이들을 가르쳤습니다 .

여자 : 우리 회사는 주로 아이들 이야기책을 만들고 있어서 아이들을 좋아하고 아이
들을 가르친 경험이 많은 사람들이 필요해요 .

남자 : 네 , 기회를 주시면 꼭 열심히 일하겠습니다 .

---

29. 남자는 왜 이 회사에 들어오고 싶습니까 ?

① 아이들에게 관심이 많아서

② 아이가 없어서 나중에 가르치고 싶어서

③ 아이들 교육이 어려워서 배우려고

④ 아이들 책에 관심이 많아서

30. 들은 내용과 같은 것을 고르십시오 .

① 여자는 아이가 있는 사람이 필요합니다 .

② 남자는 아이들이 없어서 꼭 일하고 싶습니다 .

③ 여자는 좋은 이야기 선생님이 필요합니다 .

④ 남자는 이 회사에서 꼭 일하고 싶습니다 .

新韓檢初級TOPIK 1試題完全攻略
讀者基本資料

■姓名 _____ 性別 □男 □女

■生日　民國 _____年 _____ 月 _____ 日

■地址　□□□-□□（請務必填寫郵遞區號）

_____

■聯絡電話（日）_____

　　　　　（夜）_____

　　　　　（手機）_____

■E-mail _____
（請務必填寫E-mail，讓我們為您提供VIP服務）

■職業
　□學生　□服務業　□傳媒業　□資訊業　□自由業　□軍公教　□出版業
　□商業　□補教業　□其他

■教育程度
　□國中及以下　□高中　□高職　□專科　□大學　□研究所以上

■您從何種通路購得本書？
　□一般書店　□量販店　□網路書店　□書展　□郵局劃撥

您對本書的建議……